旦那さま、誘惑させていただきます！

目次

プロローグ

教会の重厚《じゅうこう》な扉が開いた途端、パイプオルガンの音色に包まれた。

目の前に広がる光景に、緊張と高揚感《こうようかん》が一段と増す。

ゴシック風の堂内は、高い天井からつるされたシャンデリアの輝《かがや》きと、ステンドグラスから差し込む陽光のおかげで、柔らかい光に満ちていた。

一直線に伸びるバージンロードは、真っ白な大理石。私――佐久間桃子《さくまももこ》はその上を一歩ずつ慎重に歩く。向かう先には、私の夫となる人――久瀬巌《くぜいわお》さんが待っている。

彼のもとにたどり着くと、伸ばされた大きな手に自分の手を重ねる。手の平に彼の体温を感じると、緊張が和《やわ》らいだ。彼と一緒なら、きっと幸せな未来を築ける。そう思えた。

振り仰《あお》げば彼は切れ長の目を細め、柔らかい眼差《まなざ》しを私に向けている。視線が合うと彼は小さく頷《うなず》いた。

私、本当に結婚するんだ……。しみじみと思う。

けれど、心のどこかでまだこの状況を信じられずにいた。なんの取《と》り柄《え》もなく、特に可愛《かわい》げがあるわけでもない私が、こんな素敵な男性と結婚できるなんて……

夢ならどうか覚めないで……なんてベタなことを心の中で祈る。そうして牧師さんの前で結婚の誓約《せいやく》をしたり、指輪を交換したり、結婚証明書にサインをしたりしたのだった。

式や親族との写真撮影が終わって退場するときも、巌さんはゆっくりと歩いてくれる。慣れないドレスとヒールに戸惑う私を気遣ってくれているのだ。組んだ腕も、がっしりしていて頼もしい。

二人並んで式場の外へ向かう。大きく開け放たれた教会の扉の向こうは光に溢《あふ》れ、眩《まぶ》し過ぎて外の景色が見えない。

ああ、私は本当に――……

教会から出て見上げた空は梅雨《つゆ》入り前の快晴だ。その青い空に、ピンクや白や深紅《しんく》の薔薇《ばら》の花びらが舞っていた。

一足先に外へ出て待っていた参列者からの「おめでとう！」の声に応《こた》えながら、私は教会の外へと続く長い階段を下りた。友人たちからは、祝福の言葉が飛んでくる。

「おめでとう！　恋人がいるなんて全然聞いてなかったのに、突然結婚するって連絡もらってびっくりしたよ！」

私だってこんなふうにお見合いの末に結婚するなんて思わなかったよ！

「桃子、おめでとう！　すごく綺麗《きれい》だよ！　ドレスも素敵ね」

ダイエットをがんばったのと、ブライダルエステのおかげだよ！　それと、このドレス、本当にいいよね！　お店で運命的な出会いができたことは、本当にラッキーだったと思う。

「もう！　幸せになりやがれ！」

そう言うなり、籠《かご》の中の花びらをいっせいにぶちまけたのは高校時代からの友人。一瞬にして目の前が花でいっぱいになった。

「わっ！　ちょっとやり過ぎ！」

ふわりと漂《ただよ》う薔薇《ばら》の香りの中、友人と笑い合う。

自分のことのように喜んでくれている友人たちに「ありがとう」と返している間も、なんだか夢の中にいるみたいだった。

もしかしてこれは本当に夢なんじゃないかと、指で手の甲をつねってみた。

あいたたたた…………。手袋越しでも意外と痛い。

「どうしたの？　花嫁さんがそんな変な顔しちゃダメじゃない。慣れないヒールで踵《かかと》でも痛くなった？」

友人の突っ込みに「まぁ……そんなとこ、かな？」と曖昧《あいまい》に答えた。

踵《かかと》が痛いのは事実だったしね。事前に何度か履《は》いて慣れさせていたはずなのに、緊張していつもと違うところに力が入っているのか、残念ながら靴擦《くつず》れができてしまったのだ。

「でもそんなに痛くないから平気！　それに控え室に戻ったら絆創膏《ばんそうこう》を貼るしね」

答えた途端いきなり体が浮いて、思わず「ぎゃ！」っと悲鳴《ひめい》を上げた。

周りからは、わー！　とか、きゃー！　という歓声《かんせい》が上がっている。なにがなんだかわからず顔を上げると、間近で厳さんと目が合う。その顔の近さに、みるみる頬が熱くなった。

「いきなり抱き上げて申し訳ない。足が痛いのでしょう？　このまま抱いていきますから、じっとして。貴女が困っていることに気付かなくて、すみませんでした」

はやし立てる周りの声を物ともせず、厳さんは平然とした態度で私を見下ろす。

「いえ、あの、これは……その……」

「私に抱き上げられるのは怖いですか？」

「いいえ！　全然！」

即答すると、彼はふっと目を細めた。

「よかった」

ほっとしたような優しい眼差《まなざ》しを向けられて、壊れそうなほど胸がドキドキする。

「では行きましょう」

彼の言葉に私はこくこくと頷《うなず》いた。

嬉しいやら、恥ずかしいやら、申し訳ないやら……いろんな感情が入り混じって声が上手く出ない。

彼の背中の向こうからは相変わらず歓声《かんせい》が聞こえる。

——ああ、私、なんて幸せなんだろう。

こうして私、佐久間桃子は、久瀬厳さんと結婚して、久瀬桃子になりました。

第一話　旦那さま誘惑作戦――妻の奮闘

シックで品のある扉を前にして、私、久瀬桃子はふうっと小さく息を吐いた。

夢みたいな出来事の連続で、まだ頭がクラクラしている。男《おとこ》っ気《け》ゼロだった私が、お見合いの席で出会った厳さんに恋をしてから約一年。よもや結婚することになるなんて！

夫となった久瀬厳さんは、大きな弁護士事務所の跡継ぎで、とても優秀な弁護士。歳は私より九歳上の三十五歳。いつも穏やかで優しく、大人の余裕に溢《あふ》れた素敵な人だ。

そんな彼に、お見合いからわずか二か月でプロポーズされたときは、「夢じゃないよね⁉」と疑わずにはいられなかった。だって、こんなに魅力的な彼に対し、私は彼と出会うまでお付き合い経験もなかったような、冴《さ》えない平々凡々な女子なのだ。

結婚式当日の今日でさえ、これは夢なんじゃないかと何度も自分の手をつねった。

そうして式を終えたあとも、夢見心地のまま披露宴《ひろうえん》や二次会、三次会が続き、あっという間に一日が過ぎていった。宿泊先のホテルに帰った今はすでに二十一時を過ぎている。

私たちは今日、明日とスイートルームに二泊する。

そんな豪華な部屋に泊まるなんて生まれて初めてなのでドキドキだ。

それ以外の理由でもドキドキしているけれど、深く考えたくない。考えたら動けなくなりそうだから。深く考えちゃダメだ。

――そう、今日が新婚初夜だなんて……

あああ！　考えないつもりだったのに考えちゃったじゃない！　忘れろ、忘れろ、忘れるんだ、私。

厳さんが部屋の鍵を開けるのを見守りながら、内心はすでにパニック状態だった。なにを隠そう私はオタクというやつで、これまで趣味一筋で生きてきた。だから異性とお付き合いしたことがない。そのためこういう状況を経験したことだって、もちろん、なくて――つまり、その……処女なのである。そんな私の焦《あせ》りを知るはずもない厳さんは、開錠《かいじょう》の音とともに私のほうを向いた。ゆっくり見上げると視線が合う。

どうしよう、こういう場合、どうすればいいんだろう⁉　黙ってればいいの？　それともなにか気の利《き》いたことを言うべきなの？　ところで気の利《き》いたセリフってどんなやつ⁉　なんてことが頭の中を駆け巡る。さぁ、どうしたらいい？　為《な》す術《すべ》もなく、ごくりと唾《つば》を呑み込んだ。

「開きましたよ。――どうぞ」

がちがちに緊張している私とは違い、彼の態度はあっさりしたものだった。

「はいっ！」

声がうわずったのは、挙動不審《きょどうふしん》で申し訳ないと思う気持ちと、緊張がごちゃ混ぜになったからだ。

厳さんが小さく笑ったので、恥ずかしくなる。

「緊張してる？」

「ちょ、ちょっとだけ……」

彼の問いかけに答える声はまたうわずってしまい、ちょっとどころか相当緊張していることが丸わかりだ。

「すっ、少し、部屋の中を見回ってきてもいいでしょうか？」

なにを話せばいいのか見当もつかなくて、とりあえず逃げることを選んだ。部屋を探検している間に緊張がほぐれれば、会話の糸口を見つけられるかもしれない。

「ええ、どうぞ。行ってらっしゃい」

大人の余裕をにじませた厳さんの微笑は驚くほど格好よくて、胸がどきんと大きく跳ねた。

彫《ほ》りが深くて精悍《せいかん》な顔立ち。鋭い切れ長の目と、薄い唇。人によっては彼の顔立ちを強面《こわもて》と評するだろう。見上げるような長身とあいまって威圧されていると思う人もいるかもしれない。けれど、私は厳さんのことを凛《りん》として格好いいと思うし、怖さはまったく感じない。

私の旦那さまである久瀬厳さんは、平凡で、しかもオタクな私にはもったいないほど素敵な人なのだ。

「部屋の中、見なくていいんですか？」

苦笑いとともに話しかけられて、私はようやく我に返った。

「わわっ！　ごめんなさいっ。すぐ行ってきます！」

自分から探検するって言い出したくせに、声をかけられるまでぼけっと突っ立ってたなんて恥ずかしい。

私はそそくさと歩き出し、一番初めに目についた部屋のドアを開けて飛び込んだ。そこにあったのは……

とても大きな、大き過ぎるぐらいのサイズの……ベッドだった。

そうか、ここは……

「寝室！」

寝室。寝室だよ、寝る室《へや》と書いて寝室！

用途は言わずもがな、就寝するための部屋ですね！

そして新婚ほやほやの我々夫婦にとって『寝る』と言えば!!　一世一代の大イベント、初夜ですよねえええええ！

緊張をほぐすつもりで部屋の探索《たんさく》を始めたのに、これじゃ逆効果だよ！　一瞬にして全身が強《こわ》張《ば》った。かちんこちんで手も足も動かない。私は未経験のまま二十六年来ちゃいましたけど！　それにしたってていい歳をした人間が、こんな思春期じみた反応をするのは、あまりにも情けない。そう思うのに、体は言うことをきかない。

「こんなところで立ち止まってどうしました？」

驚くほど近くから声が降ってきた。

ひゃ！　と口から変な息が漏《も》れたけれど、決して彼が怖かったわけじゃない。

緊張してるのと、物思いにふけっているところに突然声をかけられて驚いたせいだ。もっとも、物思いと言えば聞こえがいいが、実際は色々想像してただけである。

「や、わ、わ、わた、わた、私は、きききき、緊張なんて……して、な……」

嘘、ウソ。思いっきりしてるよねえええええ！

いや、その前に誰も緊張してるかなんて聞いてない！　勝手に暴露《ばくろ》してどうする。

内心で思いっきり突っ込みつつ、厳さんが怒ったりしないかなと不安になる。

厳さんは温厚《おんこう》な人だけど、こんな見《み》え透《す》いた嘘をつかれたら腹を立てるかもしれないじゃない？

そう思いながら、恐る恐る彼の言葉を待つ。

が、声はかからなかった。その代わりに彼の大きな手が後ろから両肩に置かれる。包み込まれた肩口がじわりと温かくなる。

「安心してください、桃子さん。私は貴女に無理強《むりじ》いをするつもりはありませんから」

背後から私の耳元に顔を寄せ、厳さんは優しい声でささやいた。

「だから、そんなに緊張しないでください。ね？」

なだめるような口調が私の頭にしみこんで、焦《あせ》りがすぅっと消えていった。

彼の声は魔法みたい。

「ごめんなさい。私、初めてだからこういうとき、どうしたらいいのかわからなくて」

初夜だのなんだのと一人で意識しては、勝手に取り乱す。そんな自分がひどく幼稚《ようち》に思えて恥ずかしい。

「そのことは以前お聞きしています。それに、今は式や披露宴《ひろうえん》を終えたばかりで神経が昂《たかぶ》っているでしょうから無理もありません。ちょっと休みませんか？」

彼に諭《さと》され、広いベッドの端《はし》に腰を下ろした。並んで座った厳さんが自然な仕草で私の肩を抱き寄せる。彼の匂いが鼻腔《びこう》をくすぐり、安心と緊張が入り混じった不思議な気持ちが湧《わ》いた。

肩に回された腕の温かさが心地よい。

この雰囲気を壊すのはもったいないけれど、私にはどうしても聞いておきたいことがあった。

「厳さん」

「なんですか、桃子さん？」

これまで怖くて聞けなかったことも、今なら聞ける気がした。

「私で……よかったんでしょうか？」

モテない、冴《さ》えない、そしてバリバリにオタクな私が、どうしてこんな素敵な男性と結婚できたのか不思議でならないのだ。

結婚式まで挙げたのに、今さらその質問？　という感じだけど。今までは自分に自信がなくて、素直に正面から聞けなかったのだ。

厳さんは仕事ができるだけでなく、プライベートでも思いやりがあって気配り上手で、非の打ちどころのない人である。お付き合いしているときも、緊張してテンパってしまう私をさりげなくフォローし、優しくリードしてくれた。

彼のようにハイスペックな人なら、もっと綺麗《きれい》な女性だって選べたに違いない。私と結婚してくれたのは一時《いちじ》の気の迷いなんじゃないか……なんて思えてくる。だって、出会って一年と経《た》たないうちに結婚したのだ。その可能性だってないとは言い切れない気がする。

地味で、目立たなくて、ファッションセンスにはからっきし自信なし。いつも無難《ぶなん》な服とメイクと髪型。一応、標準的な体型の範疇《はんちゅう》には入っているものの、バストはもうちょっとボリュームが欲しいし、ウエストのくびれも乏《とぼ》しい。おまけに油断するとぽこっとしちゃうお腹も、大き過ぎるヒップもコンプレックスだ。結婚が決まってから行《おこな》ったダイエットと、ブライダルエステのおかげで、今までの人生で一番、理想の体型に近いとはいえ、近いだけで理想じゃない。

しかも、容姿《ようし》が平凡な上に――オタクなのだ。まぁ、オタクなのはお見合い当日にバレてしまっているんだけれど、これから一緒に住むうちに『ここまでひどいとは思わなかった』なんて後悔されたらどうしよう⁉ そんな心配が引きも切らず襲ってくる。

「貴女だから、ですよ」

彼は甘くて優しい声で返してくれた。

次の瞬間、私はぎゅっと抱きしめられていた。

スーツを着た巌さんの広い胸に頬が触れる。トクトク、と微《かす》かに聞こえるのは彼の心臓の音だ。

彼の腕の中はうっとりするほど心地よい。その一方で、本当に私はここにいていいの？ 他の誰でもなく私でいいの？ そんなふうに心が揺れてしまう。

「でも私なんてなんの取《と》り柄《え》もなくて。巌さんと全然釣り合わない……」

「バカなことを言わないでください」

大きな手が私の後頭部をゆっくり、ゆっくり撫《な》でる。指で髪を梳《す》かれるごとに、心配事なんてなにもかも忘れて、ただ甘えてしまいたいという気持ちが強くなる。

「素直でがんばり屋で、眩《まぶ》しいくらいひたむきで、そういうところに惹《ひ》かれたんです。変に気取ったりしないし、少々慌《あわ》てん坊なところも可愛《かわい》らしい。それに、最初から『私』を見てくれたことと……」

そこで言葉を区切り、彼は悪戯《いたずら》っぽく微笑した。

「それから、私を見ても怯《おび》えなかったことに幸せを感じました」

「怯《おび》えるなんて！　絶対ありえません！　――……見惚《みと》れることはありますけど」

うっかり心の声までこぼれてしまった。慌《あわ》てて口を押さえたけれど、出てしまった言葉は戻らない。恥ずかしくて頬が一気に熱くなった。ああ、もう！　思ったことがつい口から出ちゃう癖《くせ》、直したい。

「それは嬉しいな」

そう言った厳さんは嬉しそうだけれど、少し困ったような、そんな複雑な顔をしていた。はにかむ彼が可愛《かわい》くて、胸がきゅんとした。

「ねぇ、桃子さん。私もたびたび貴女に見惚《みと》れているんですよ。可愛《かわい》くて目が離せなくなる」

まさか。そう言って否定しようと開きかけた唇は彼の指で押さえられてしまった。彼は最後まで聞いてほしいと言いたげな視線を送ってくる。

「こんなに強く、誰かと一緒にいたいと思ったのは初めてです。貴女のことを思うとね、平静《へいせい》でいられなくなるんですよ。愛というのは本当に厄介《やっかい》なものですね。この歳になって初めて知りました。ねぇ、桃子さん。これでは結婚したい理由として足りないですか？」

甘く熱いささやきを受けて、胸が壊れそうなくらい早鐘《はやがね》を打った。

なにか気の利《き》いた愛の言葉を返せればいいのに、嬉しくて頭が真っ白でなにも思い浮かばない。私だって好きなのに。厳さんのことを思うと切なくて、何度も眠れない夜を過ごしたのに。

「あ……わ、たし……」

私の口は無意味に震えるだけ。思うように動かない舌がもどかしい。

「貴女は？　貴女も、そう思ってくれた？」

彼の吐息が耳を掠《かす》める。そしてうなじに熱い唇が触れた。

「あっ！」

初めての感覚に背中がぞくりと震える。耐《た》えられなくて、声が漏《も》れてしまった。

答えを促《うなが》すように、彼の唇はゆっくりと私のうなじから肩へと滑《すべ》る。そのたびに甘い戦慄《せんりつ》が背を走り、知らず知らずのうちに彼の手をつかんでいた。

「桃子さん？」

彼の吐息が肌にかかって、泣きたいくらい切ない。

「私も……厳さんが好き、です」

やっと絞り出した声は掠《かす》れていた。

「好きで、好きで……どうしようもないくらい、好き」

デートを重ねるたび、厳さんのことを知るたび、彼を好きな気持ちはどんどん膨《ふく》らんでいった。

そうして気が付いたら、真剣な顔も、照れたような笑顔も、私をからかう楽しそうな顔も、彼の全部を独《ひと》り占《じ》めしたいと考えるようになった。

だからプロポーズされたときは嬉しくて……

「嬉しいですね。貴女の口から私に対する想いを、やっと聞けた気がする」

彼の言葉にどきりとする。恥ずかしさが先に立って、今まで自分の気持ちをきちんと伝えていなかったことに気が付いた。

お見合いのあとだって、プロポーズのときだって、巌さんから切り出してくれたのだ。私はただ「はい」と返事をしただけ。

「ごめんなさい！　私……」

恥ずかしかったからなんて言い訳にもならない。こんな大事なことをおろそかにしていたのが申し訳なくて、血の気が引いた。

「いいんですよ。貴女が私のことを憎《にく》からず思ってくれていることは、ちゃんと伝わっていましたから。すみません。今日は少し酔っているみたいです。どうしても貴女の口から聞きたくなって、意地悪をしました」

「意地悪だなんて、そんなことないです！　私が悪いっ……え？　……わ!?」

言葉が唐突《とうとつ》に途切れたのは、顎《あご》をつかまれてくいっと横を向かされたから。

なにが起きるのか理解できないうちに、唇を塞《ふさ》がれた。一瞬遅れて、自分がキスされたことを理解した。

触れるだけの軽いキスだったのに、彼の体温が私の唇に移っている。けれど、それもすぐ消え去ってしまう。

彼とのキスはいつだって心地よくて、そして少しだけ切なくなる。プロポーズを受けたとき、彼とした最初のキス――私にとってのファーストキス――からずっと、この甘さと切なさは変わらない。

名残惜《なごりお》しくて、自分の唇に指で触れた。その指を彼が取り、指先にもキスを降らせる。彼の唇が触れたところから溶けてしまいそうだ。

「私に、こういうことをされるのは嫌ですか？」

「まさか！」

全力で否定して、彼に向き直った。

「嬉しい、です……」

今度こそきちんと気持ちを伝えなくては、とがんばるが結局声は小さくなってしまった。それを誤魔化《ごまか》すように、私は勢いよく顔を上げた。

「キ、キスするのさえ嫌な人と結婚なんてしません！」

キスを嫌がっていたと思われたくなくて強い口調で言う。すると彼はきょとんとした顔をして、それからぷっと噴き出した。

「それもそうだ」

なにがそんなに彼のツボを突いたのかわからないけれど、彼は声を上げて愉快《ゆかい》そうに笑った。そしてひとしきり笑ってから、ふっと真顔に戻って私の目をのぞき込む。真剣な顔なのに目には蠱惑《こわく》的《てき》な光が浮かんでいて、私は動揺のあまり声を上げそうになった。かろうじて堪《こら》えたものの、喉《のど》の奥で「ひぅ」と変な音が鳴る。

厳さんは私の狼狽《うろた》える様子を見て、ゆっくりと口角を上げた。彼の妖《あや》しい引力に心が吸い寄せられる。

「じゃあ、もっとしてもいいかな？」

「え？——ふ、んんっ」

彼の言ったことを理解するより先に、彼の顔がどんどん近付いて唇を塞《ふさ》がれた。優しいキスとともに、私の体はそっとベッドへ横たえられた。

顔の両脇には彼の逞《たくま》しい腕。退路を断《た》つように囲い込まれて、緊張と期待と興奮が頭の中でせめぎ合う。ごくりと唾《つば》を呑み込むと、自分でも驚くほど大きな音がした。

至近距離で私を見下ろす厳さんの顔に、先ほどの笑みはない。真剣な表情の彼の顔は、照明を背にしているため影ができていて、なんだか淫靡《いんび》だ。まるで違う人のように見えて心細くなった私は、手を伸ばして彼の頬に触れた。

途端に彼が私の指をぱくりと咥《くわ》えた。柔らかい唇にはさまれた私の指先を、熱くぬめるものがちろりと掠《かす》める。

「あっ、んぅ……」

いきなり与えられた官能的な刺激に息が詰まる。

「桃子さん。——かまいませんか？」

「はい」

なにを？　とは聞かなかった。聞かなくても彼が言いたいことはわかったから。

いよいよだと思う気持ちと、不安と期待がない混ぜになって、体が小刻みに震えていた。

「嫌だと思ったら、遠慮《えんりょ》なく言ってください」

「でも」

「私たちは夫婦になったんですよ？　今日がダメでも、気長にやっていけばいいんです。違いますか？」

「違い……ません」

切れ長の目が、驚くほど優しく細まった。そのことに安心して、全身から余計な力が抜けていく。

「では、今日のところは無理なくできるところまでで、ね？」

穏やかな声に私はこくこくと頷《うなず》いた。

それを合図に彼の手が私の頬に触れた。頬を緩《ゆる》やかに撫《な》でた指はゆっくりと下に滑《すべ》り、頤《おとがい》をつかむ。それと同時に彼の唇が下りてきて、私の唇と重なった。さっきの優しいキスと違い、熱がこもっていた。熱い唇が、私の唇を軽く食《は》む。ついばまれるたびに、胸がきゅんと痛んだ。

「んっ……」

無意識のうちに鼻にかかった声が漏《も》れていた。慌《あわ》てて声を止めようとしたけれど、抑《おさ》え方がわからない。このままキスを続けたら、もっと大きな声が出てしまいそう。それが恥ずかしくて彼の唇から逃れようとしたけれど、頤《おとがい》をつかまえられていて逃げられない。

「やっ……」

キスの合間に抗《あらが》ったところ、彼は甘く低い声でささやいた。

「嫌ですか？」

「ちが……、声が……漏《も》れて……恥ずかしいから」

だからもう少しお手柔らかに、と言いたかったのに。

「声を抑《おさ》える必要なんてありませんよ。私は貴女の素直な声を聞きたい」

そうささやくなり、彼はまた私の唇を塞《ふさ》いだ。

今度のキスは今までよりも深くて荒々しい。唇を舌で舐《な》められたり、そこに軽く歯を立てられたり。そのたびに体の奥に得体の知れない熱がたまって、眩暈《めまい》がする。

キスと同時に、私の顎《あご》をつかんでいるのとは反対の手が、私の腕や肩のあたりを優しく撫《な》でてくれる。

優しい愛撫《あいぶ》と徐々に深くなるキスに酔っていると、彼の手が私の胸に唐突《とうとつ》に触れた。

「ん……あ……っ！」

突然の鋭い刺激に背がびくりと跳ねる。

喘《あえ》ぐために開いた口腔《こうこう》に彼の舌がぬるりと侵入してきた。

――ディープキス。

知識では知っていたとはいえ、こんなに生々しい感触のものだとは思ってもいなかった。

彼の肉厚な舌は、私の口の中をゆっくりと蹂躙《じゅうりん》する。驚いて縮こまった私の舌を誘い出すように撫《な》でたり、口腔内《こうこうない》に官能のポイントを探すべく、上顎《うわあご》や歯列《しれつ》をゆっくりと愛撫《あいぶ》したりする。

「んっ！　あっ……ん……」

鼻にかかった甘え声が絶え間なく漏《も》れる。こんな声を聞かれるのは恥ずかしいけれど、彼から与えられる刺激が気持ちよ過ぎて我慢できない。

気が付けば彼の巧《たく》みな誘導に負けて、自分から彼の舌に自分のそれを絡《から》ませていた。

喘《あえ》ぎ声に、ピチャピチャといやらしい水音が混じる。嚥下《えんげ》しきれなかった唾液が口の端《はし》からこぼれ落ちて、その跡が冷たく感じられた。

一方、彼の手はゆっくりと私の胸をまさぐっている。服の上からの愛撫《あいぶ》は、初めこそ強い刺激に感じられたけれど、時間が経《た》てば経《た》つほどもどかしく思えてきた。もっと強い刺激が欲しくて、じりじりする。どうしようもない焦燥《しょうそう》に耐《た》えられなくて、あさましいと思いつつ腰をくねらせた。そうしたら耐《た》えられそうな気がしたのだ。

すると、動いた拍子《ひょうし》に自分の体の中心がぬめっていることに気付いてしまった。ぬめっているだけでなく、小さな水音すら立った気がした。小さな小さな音だから、きっと彼には聞こえていない。そうは思うけれど、恥ずかしくていたたまれない。しかし、体の奥からやってくる衝動《しょうどう》には逆らえなかった。

「厳さ……ん……もう」

キスの合間に懇願《こんがん》する。

「ええ、わかりました」

厳さんの冷静な声に、どきりとした。私はもうなにも考えられないくらい夢中なのに、彼はまだ余裕なんだ。そう思うと自分だけが先走っているようで怖い。

　視線を感じて顔を上げると、厳さんが私をじっと見下ろしていた。息は少しも乱れておらず、表情も冷静さを失っていない。ただ、切れ長の鋭い目の奥には熱が見え隠れしていた。

　彼の手が背中に回り、私のワンピースのファスナーを下ろす小さな音がした。すると感じるのは、解放感と心もとなさ。彼の手はファスナーを下ろし終わると、ゆっくりと動いて私の肩から衣服を滑《すべ》らせた。

　下着姿の自分を彼の前にさらすのが恥ずかしくて身をよじろうとする。途端に、彼の手が優しく私の肩を拘束《こうそく》した。

「どうして隠すんです？」

「だって、こんな……恥ずかしい、です」

　アイボリーホワイトのワンピースは腰のあたりまで落ちてしまっていて、私の身を隠してくれない。特に美しくもない体を見られて恥ずかしく思わないわけがない。

「恥ずかしい？　なにが？」

「だ、って……心の準備が」

「心の準備？」

「スタイル、悪いから、こんな明るいところでさらすのは、ちょっと抵抗があって」

　コンプレックスばかりの体を厳さんに見られちゃうのは、どうしても恥ずかしい。

「残念だな。もっとじっくり見たかったんですが。今日のところは貴女の望む通りにしましょう。

貴女に嫌われたくないですから、ね」

彼がベッドサイドへ手を伸ばすと、ゆっくりと部屋の明かりが落ちた。極力抑《おさ》えられた明るさに、我知らず、ほう、と安堵《あんど》のため息が漏《も》れる。

「でも、そのうちちゃんと見せてくださいね。私は貴女のすべてを目に焼き付けたいので。――ねぇ、桃子さん、貴女は貴女が思う以上に綺麗《きれい》ですよ」

「そ、んな……っん！」

否定しようとした口は、彼の唇で塞《ふさ》がれた。くちゃくちゃと音を立てて粘膜《ねんまく》を舐《ねぶ》られたあと、敏《びん》感《かん》になった唇を甘噛《あまが》みされる。まるで私の言おうとしたことを咎《とが》めるように攻めてくる。そうされると、腰の奥がじんと熱く痺《しび》れた。

「今日だって貴女があんまり綺麗《きれい》だから、誰にも見せたくなくてね。式も披露宴《ひろうえん》も二次会も三次会も全部すっぽかして、貴女とこういうことをしたくて仕方がなかったんですよ。その衝動《しょうどう》を抑《おさ》えるのにどれだけ苦労したか」

巌さんはそう言いながら、困ったような、それでいて艶《つや》っぽい微笑みを浮かべる。なんという爆弾発言。彼の放った甘い言葉が私の理性をじくじくと奪っていく。

「あ……巌さ……、んぁあ……」

彼の指が私の喉《のど》から胸の膨《ふく》らみへと滑《すべ》る。ゆっくりした動きは、まるでその行為の淫猥《いんわい》さを見せつけているようだ。恥ずかしいと思うのに、触れられた場所が快感を訴える。

「こんなに綺麗《きれい》なのに……。隠すなんてもったいない」

艶《つや》にまみれた声で、笑いを含みつつささやく。

「あっ！　んっ、んんん……！」

彼が首筋を甘く噛みながら言うので、背筋がぞくっと震えた。体の奥の熾火《おきび》がさらに熱をもつ。

荒い息を繰り返す私の肌の上を、彼の唇がじらすように下りていった。

唇が向かった先には、先ほどの愛撫《あいぶ》で硬く尖《とが》った頂《いただき》。

その形を確かめるように、彼の舌がゆっくりとなぞった。

「ひぅ！」

口に含まれて転がされると絶え間なく快感が襲ってきて、シーツに爪を立てて耐《た》えることしかできない。

もう一方の膨《ふく》らみは彼の手で揉《も》みしだかれていて、そこからも甘い刺激が湧《わ》き起こっている。

自分がどんな顔をしているのか、どんな声を上げているのか、どんな風に身をくねらせているのか、考える余裕もなく、ただただ彼の指と唇によって乱された。

「……っは……あ……んっ……やっ！」

「嫌じゃないでしょう？　こんなにここを硬くして」

「んっ！　あ、ああっ！　そこ、やぁ……」

硬くしこった胸の先端を指できゅっとつかまれて、腰がびくりと跳ねた。痛いはずなのに、気持ちいい。

なんで？　どうして？　頭が混乱する。

しんと静まった部屋に、卑猥《ひわい》な喘《あえ》ぎと、彼が私の胸を舐《ねぶ》るたびに起こるぴちゃぴちゃという音だけが響く。

――想像していたより、ずっと生々しい音と快感。気持ちいいと思う反面、戸惑いも感じる。自分が自分でなくなるような感覚に襲われながらも、徐々に快感は高まっていく。体は心を置いてきぼりにして、性急にもっと強い刺激を求める。

彼の愛撫《あいぶ》に酔い、そんな自分が怖くなり、それでもやっぱり快感には抗《あらが》えなくて、身悶《みもだ》える。

胸への刺激はとても甘く、ときに意地悪で、私をひどく翻弄《ほんろう》していた。けれど……

――なにかが足りない。

本能を象徴する場所が焦燥《しょうそう》を訴えていた。お腹の奥が熱くて苦しくて、どうしようもないくらい切ない。

その切なさは太腿《ふともも》をすり合わせても、体をよじっても消えることはなくて、逆に肥大《ひだい》していく。辛くて、無意識のうちに厳さんの腕を強くつかんでいた。

「もう、そろそろ……いいかな」

呟《つぶや》きとともに、彼の指が私の腹を這《は》い、その下へと伸びた。

足の付け根にある割れ目を、下着の上から軽くひと撫《な》でされる。同時に、くち、と粘着質な水音が耳に届いた。

「あぅ！」

腰がびくりと大きく跳ねる。

「や、だ！　そこ、ダメぇ！」

過ぎた快感は恐怖を呼ぶ。

下着の上から撫《な》でられただけでこんなふうになっちゃうなんて、この先を知るのが怖い。

「大丈夫。落ち着いて」

耳元でささやきながら、彼は私のそこにあてがった指をゆっくりと動かした。聞くに堪《た》えない水音がして泣きたくなる。

「ぁ……！　んっ、あ、ああ！」

彼の指が何度か往復しているうちに、快感のやりすごし方を体が覚え始めた。

「そう、いい子だ。怖くない」

耳元で繰り返しささやかれる声に、心も落ち着いていく。

「はぁ……。……厳、さ……も、大丈夫……」

しばらくして、私の恐怖心が消えたと悟《さと》った彼は、私の下着をゆっくりと脱がせた。

生まれたままの姿をさらすのは恥ずかしい。けれど、それ以上に彼と一つになりたい気持ちが大きくなっていた。

「少しずつ慣らしましょう。痛かったら言ってください」

額《ひたい》に汗をうっすらとにじませた彼が、気遣うように私の顔をのぞき込んできた。さっきより少し赤くなった頬と情熱的な目に、彼の興奮を感じ取って嬉しくなる。

――厳さんも、私のことを欲しいと思ってくれてるんだ……！

「はい。……んっ！」

彼の指が亀裂《きれつ》に触れる。数回、濡れたそこをくすぐったあと、ゆっくりと中に分け入ってきた。じゅぶ、と卑猥《ひわい》な音が立つ。恥ずかしいくらいに濡れていた。けれどそのおかげか、痛みはほとんどない。少しちりっとしただけだ。

「あ……ああっ！　んっ、や、やあ……」

それより大きかったのは異物感だ。自分の中に、自分でないものがいる感覚。違和感があり、消えたはずの恐怖心が蘇《よみがえ》ってくる。

「あ、やっ、あああ！」

ゆっくりと、しかし確実に奥へと侵入してくる彼の指。

根元まで入りきった指で内壁を撫《な》でられた瞬間、恐ろしいくらいの甘い戦慄《せんりつ》が背筋を駆け抜けた。

それはもう錯乱《さくらん》するくらい強烈《きょうれつ》で、それまで抑《おさ》えていた恐怖心が爆発した。

「んっ、あああああ！　いや！　もう、ダメぇ！」

「桃子さん⁉」

「や、もう、怖いの！」

怖いと口にしたのが呼び水になったのか、涙がボロボロとこぼれた。不安と焦燥《しょうそう》と、期待と、異物感と、小さな痛みと、そして耐《た》えられそうにもないほどの強い快感。全部がごっちゃになって、混乱した。

これ以上の官能を知ったら自分じゃなくなる気がした。もっと先を知りたい気持ちもあったけれど、それより恐怖のほうが勝《まさ》っていた。この先の快感を知ったら、私はどうなってしまうの？

「ご、めん……なさ……い。自分が、自分じゃなくなるみたいで……その、どうしても、怖くて……ごめんなさい。ごめんなさい。ごめ……」

「そんなに謝らないで」

泣きじゃくる私を抱き起こした彼は、そっと抱きしめてくれた。広い胸に包まれている安心感で、さらに涙が止まらなくなる。

「で、でも、わた……私……痛かったわけでも……厳さんが怖かったわけでもなくて……」

「いいから。気に病《や》まないで。痛かったんじゃないならよかった。さっきも言ったでしょう。ゆっくりでいいんです。ゆっくり心の準備をして、慣れていけばいい。ね？」

私の頭を優しく撫《な》でながら、厳さんは大丈夫だ、気に病《や》むなと繰り返す。

その優しさが嬉しくて、自分が情けなくて、子どものようにわんわんと声を上げて泣いてしまった。けれども彼は呆《あき》れもせず、私が泣き疲れて寝入るまでずっと付き合ってくれた。

◆
❖
◆

そんな申し訳ない初夜から一か月。

ここは私たちが新婚生活を始めたマンション。そして現在の時刻は午前七時三十分である。南向きのリビングに、燦々《さんさん》と朝日が差し込んでいる。

数か月前の私にとっては起床時間。今の私にとっては夫、厳さんの出勤時間だ。彼は、彼の両親が共同経営する弁護士事務所で働いている。事務所は家から少し離れているため、朝はいつも厳さんのほうが早く出るのだ。

お見送りのために玄関に立った私は、彼が靴を履《は》くのを眺めていた。ほどなく彼はピカピカに磨《みが》かれた革靴を履《は》き、かがんでいた体をまっすぐに伸ばす。すると私は首が痛くなるくらい見上げないと目を合わせられない。結婚式の衣装をオーダーメイドする際に聞いたところによると、厳さんの身長は百八十八センチらしいので、私とはちょうど三十センチ差だ。

一分《いちぶ》の隙もなく整えられた髪に、細いメタルフレームの眼鏡《めがね》をかけ、仕立てのいいダークグレーのスーツに身を包んだ彼は威厳《いげん》に満ちている。

ちょっと迫力があり過ぎて、初見では怖いと思う人もいるかもしれないけど、本当はとても穏やかで優しい人なのだ。

「行ってきます。帰りは遅くならない予定です。事務所を出るときに電話かメールを入れます」

「はい！　行ってらっしゃいませっ」

勢いよく返事してから、『ませ』はないよね、と自分に呆《あき》れてうなだれた。まるで店員さんがお客さんと話すときの口調みたいだもの。

失敗したと思ったのが顔に出ていたのだろうか。厳さんは励《はげ》ますように私の頭をポンポンと叩く。目線を上げたところ、彼の優しい眼差《まなざ》しにぶつかった。微笑む彼につられて私も笑うと、それでいいと言うみたいに頷《うなず》く。

それから彼は「では」と短く告《つ》げて身を翻《ひるがえ》した。が、玄関のドアノブに手をかけた瞬間、ぴたりと動きを止める。

どうしたのかな？　と私が首をかしげるのと同時に、彼はくるりとこちらに向き直った。

「忘れ物をしました」

手にしたビジネスバッグを床に置きながら言う。靴を脱いで自分で取りに行くつもりなのかな？　でも、彼が靴を脱いで探しに行って、また戻ってきて靴を履《は》いて……って面倒だよね。私が行くほうが早い。

「忘れ物ってなんですか？　どこに置いたか覚え……なっ!?」

尋ねながら部屋のほうへ戻ろうとした途端、厳さんの腕が腰に巻きついた。次の瞬間、ぐいっと引き寄せられ、背中が彼と密着する。

「なっ、なななな？」

訳がわからず混乱している私の鼻先を、彼の香りが微《かす》かにくすぐった。

うしろから抱きすくめられたらしいということは理解したんだけれど、なんでそうされているのかはわからない。

あれ？　厳さんは忘れ物をしたんだよね？　なんでこんなことになってるの？　っていうか近くないですか!?

「いっ、厳さん？　あの……忘れ物は……？」

「ええ、ですから貴女に逃げられては困るんです」

「逃げる？　困る？」

ますます意味がわからなくておうむ返しに尋ねると、彼は腕をほどいて私をくるりと反転させた。至近距離で向かい合わせる格好。しかも彼の両手は私の肩に乗っている。

こっ、これはどういうシチュエーションなのかなっ!?

えっ、えっ、これって二次元の場合だとキスシーンに繋がる感じなんですけど……混乱のあまり、オタク的な妄想に意識が逃げてしまった。

まさかね。生真面目《きまじめ》な厳さんに限って朝からそんなことしな……って！　えー！　まさか、まさか！

私が目を白黒させているのにかまわず、厳さんの顔がどんどん近付いてくる。伏《ふ》せられた目を長いまつげが縁取《ふちど》っているのが目に飛び込んできた。そんなところに色気を感じて、胸がどきりと大きく跳ねる。

「厳さ……」

うわずった声で彼の名前を呼んだのとほぼ同時に、左の頬に柔らかくて温かいものが触れ、すぐに離れた。

まさかのまさか。これは……！

「キ、キスぅ!?」

動揺のあまり素《す》っ頓狂《とんきょう》な声が出た。

「嫌でしたか？」

「まさか！」

困ったように聞かれて、私はブンブンと首を横に振った。嫌だなんて思うわけがない。ただちょっと動揺しただけだ。

「よかった。では」

「はいっ！　行ってらっしゃい」

彼は、なにごともなかったかのように冷静な顔で出かけていった。

残された私は、彼の唇が触れた頬を押さえながら、へなへなとその場にへたり込む。

行ってきますのキスぐらい、新婚だったらどこの夫婦でもすることだろう。

でも、でも、でも！　私には少々刺激が強過ぎる。

なぜなら、彼に大迷惑をかけたあの初夜以来、彼と私の新婚生活はとても清いものでございまして。さっきのキスが最大接近だったりするのです。動揺するなと言うほうが無理です。

そういうわけなので、朝っぱらからのこの不意打ちは衝撃だった。まだ動悸《どうき》が治まらない。

こんなことならオタク活動ばっかりしてないで、もっと恋愛経験を積んでおけばよかったかな……と不毛《ふもう》な後悔が湧《わ》いた。同時に、いざというときパニックになる、自分の不器用さと焦《あせ》りやすい性格にも絶望する。

――私はいわゆるオタクってやつだ。物心ついた頃にはすでにオタクの片鱗《へんりん》があり（両親談）、小学校卒業時にはしっかりオタク女子化していた。小学校の高学年と言えばクラスの女子たちがキャーキャー言いながら少女漫画を回し読みしていた頃。でも、私は某格闘漫画にハマっていた。

極限状態のバトルと男の友情に感動し、寝る間も惜しんで情熱を傾けたものだ。

それは中学に入学しても変わらずで……。周りの女子たちが『○組の△君が格好いい！』『三年の□先輩ステキ！』なんて言い合っているのに『そーかもねー』なんて適当に相槌《あいづち》を打ちつつ、某スポーツ漫画の主人公とライバルの、熱くて固い絆《きずな》に血をたぎらせた。

情熱《パトス》の赴《おもむ》くままに二次創作を手に取ってからはアンストッパブルだったよね。それ以来、アニメ、ゲームに漫画に小説、BL《ボーイズラブ》だって男女の恋愛だってなんでもどんとこい、明るいコメディから心が削《けず》れそうになるダークな話まで美味《おい》しくいただきます！　という雑食さを発揮《はっき》。高校生になっても、短大に入っても、社会人になってもぶれることなく、ずーっとオタクライフを満喫《まんきつ》していた。

とはいえ、周りの目は気になったから、隠れオタクを通してきたんだけど。

そんな私のリアルな恋愛事情はというと、合コンに誘われるときはネタ要員か数合わせ。親しくしていた男の人も少なく、美貌《びぼう》も恋愛スキルもない私に言い寄ってきてくれる人なんていなかった。

恋人ができないのは少し寂しいけれど、でも私には二次元がある！　とオタクライフを満喫《まんきつ》していたのだ。そもそも二次元より優先したいと思うような男の人と出会わなかったしね。

だが、そんなふうにのんびりしていたのも二十三歳くらいまでのこと。その頃から友人たちがちらほらと結婚し始めたのである。ちょっとマズいかなぁと焦《あせ》り始めたものの、男女交際などまったく未経験な私が、急に恋人を作れるわけがない。

もうこれは一生おひとりさまを覚悟したほうがいいんじゃないかと思っていた。

恋人いない歴、イコール年齢。その記録を生涯《しょうがい》更新し続ける未来を想像し始めた二十五歳の夏……一件のお見合い話が舞い込んだ。

相手の男性のハイスペックさに驚きつつ、紹介してくださった方の顔を潰さないために、とりあえず向かったお見合いの席。そこで私はすっかり恋をしてしまったのである。久瀬厳さんに。

もっとビックリなのが、その恋が実ってしまったことだ。

顔よし、スタイルよし、性格よし、将来を有望視されている弁護士さんと、オタクで可愛《かわい》くもなければ頭が切れるわけでもない、どこからどう見ても地味な私。そんな私たちが、まさか共白髪《ともしらが》を誓うことになるなんて！

しかも厳さんは、恋愛経験の乏《とぼ》しさゆえに、思っていることを上手く言葉にできない私を、根気強く見守ってくれている……んだと思う。初夜から今に至る夫婦生活（主に夜の、が付くほうね）に関するあれこれは、その最《さい》たる例だ。恥ずかしがってばかりではダメに決まっている。わかっていても、勇気ってなかなか出せないものなんだよね。だって、取った行動がますます事態を悪化させたら？　そう思うと怖くて怖くて。

「でも、いつまでもこのままっていうのも……」

結婚して一か月、そろそろ体の関係を持ちたいなと思う。

心身ともにもっと厳さんと打ちとけて、本当の夫婦になりたい。厳さんと自分の間にある壁のようなものを壊したい。

厳さんは親しい友だちやご両親とは砕けた口調で話すのに、私に対してはいまだに敬語だ。それってあんまり親しい間柄だと思われていないからじゃない？　一線越えた関係になれば親近感を抱いて、私に対しても敬語をやめてくれるんじゃ……と考えている。

でも、初夜でやらかしてしまったから、もうそんな機会はないのかな……

「ああ、もう！　なんであんなことしちゃったんだろ……」

あんなことをしでかさなかったら、こんなに悩まなくてすんだのに！　一か月前の自分を殴りたい。思いきり殴りつけて正座させて説教したい。いくら未経験だからってさ、あんなにパニックを起こすことないじゃない。仮にも二十六にもなった大の大人がすることじゃなかったと思う。

「もう、私のバカバカバカバカー！」

思いっきり拒《こば》んじゃった私が全面的に悪い。あれだけ拒絶されたら誰だって、次に誘うのに二の足を踏むよね!?　だから、次は私から誘うべきなのはわかってるんだけど……

「あああ、どうしよう！」

両手を床についてじっと見つめる。

「はぁ……。でも、いつまでも轟沈《ごうちん》してるわけにもいかないよね……」

なんといっても平日の朝は忙しいのだ。

よっこらせ、と気合いを入れて立ち上がった。

落ち込む気持ちを引きずりながら、腕まくりをしてキッチンへ向かう。

「ちゃちゃちゃっとお弁当、作っちゃわなきゃ」

お弁当作りといってもそんなにたいしたことをするわけではない。昨夜の晩ご飯と今朝の残り物を適当に詰めて終わり。巌さんのお弁当も作るならもっときちんとするけど、自分のだけだからこの程度で充分。

厳さんは昼食の時間も場所も不規則だから、お弁当はいらないと言われている。会食も月に何度かあるらしい。

もしかして気を遣ってくれてるだけじゃ？　と思ったりもするんだけど、勝手に作って押し付けるのは気が引けて、結局お弁当作りは遠慮《えんりょ》している。

外食ばかりじゃ野菜不足になるんじゃないかという心配もあるけれど、厳さんのことだからそのあたりは自己管理していそうだ。念のため朝と夕はなるべく多くの種類の野菜がとれるように、極力努力している。

というわけで、漫画やアニメでよく見かける、夫が忘れたお弁当を妻が職場に届けて……というシチュエーションにはならなそうだ。お弁当は関係ないけど、妻が夫の職場を訪れると言えば、家に忘れた重要書類を届けるってシチュもあるよね。だけど、抜かりのない厳さんが大事な書類を忘れるわけもない。

夫婦になったら一度は体験してみたかったイベントが行《おこな》えそうにないのは残念だけど、厳さんが頼もしいってことだから贅沢《ぜいたく》は言えない。

でも、働いている厳さんの姿を見てみたいな……

そうだ！　厳さんが内勤の日をあらかじめ聞いておいて、一緒にランチすればいいんだ。

でも、でも！　厳さんは私とランチに出かけたいなんて思っていないかも……いや、きっとそんなことないよね!?

ああ、せめて昼食くらい、自信を持ってお誘いできるようになりたい。厳さんにもっと近付きたいけど、あの初夜のことが頭に浮かぶと、途端に尻込みしてしまう。夫婦としてちゃんと体も繋がれたら、素直に思っていることを話せるようになるのかな。

どんどん気持ちは沈んでいくが、落ち込んでいても出勤の時間はせまってくる。私は慌《あわ》てて荷物をまとめた。

「行ってきます！」

無人の室内に向かって言いつつ玄関を飛び出し、慌《あわ》ただしく施錠《せじょう》した。

◆　❖　◆

私の勤め先は電車でひと駅なので、通勤にはドアトゥドアで三十分もかからない。駅から徒歩三分の、外観がなかなかお洒落《しゃれ》なビルの五階にある。

冊子やチラシ、フライヤー、同人誌の印刷、製本を請け負《うお》う印刷会社の東京営業所。私はそこで働いている。

オタクな私としては、この上もなく理想の職場。同僚もみんなオタクで話が合うし、なによりオタクを隠さなくていいのが幸せだ。

ちなみに私がオタバレを恐れるようになったのは、アニメと漫画に目覚めた小学生時代から。クラスの女の子に、とあるアニメについてちょっぴり熱く語ってみたら、翌日から遠巻きにされたことがあった。それ以来、中学校でも高校でも短大でも、とにかくオタバレしないようにと努力してきたのだが、なかなか大変な日々だった。十数年、そうやってなんとかやってきたのに、厳さんにはお見合いしたその日にオタバレしてしまったのだけれど。脇が甘い自分が嫌になる。

それでも厳さんは、ありのままの私を受け入れてくれて……今に至るというわけだ。

こんなによくしてもらっているのに、恥ずかしいからってグズグズしていて、私は本当にダメだなあ。自分に対してうんざりする。

なんて考えているうちに、事務所の前へ到着していた。

「悩むのは中断、中断！」

仕事とプライベートはきちんと分けなくちゃ。頬をぺしっと叩いて、気持ちを切り替えた。

「おはようございまーす！」

努めて元気よくドアを開けた。

「あっ、さく……じゃなくって久瀬さん！　おはようございます」

もうすでに出社していたアルバイトの江藤優里奈《えとうゆりな》ちゃんが振り向いた。彼女は所内のみんなから、親しみを込めてユリちゃんと呼ばれている。コスプレイヤーでもある彼女はいつもお洒落《しゃれ》で可愛《かわい》い。レイヤーさんの中には日に焼けるのを嫌って、一年中長袖《ながそで》を着ている子もいるらしいけど、彼女はあまり気にしていないようだ。今日の彼女の服装はベージュ色のジョーゼットの半袖《はんそで》ブラウスに、紺色《こんいろ》のふんわりした膝丈《ひざたけ》プリーツスカート。ウエストの大きなリボンがアクセントになっていて、清楚《せいそ》で可愛《かわい》い。

「ユリちゃん、おはよー！　今日も……」

可愛《かわい》いね、と言おうとして、それってなんかセクハラっぽくないか？　と思い口をつぐんだ。尻切れトンボになってしまった言葉の先を探して、当たり障《さわ》りのなさそうなことを咄嗟《とっさ》に口に乗せた。

「……早いね。まだ始業まで三十分以上あるのに」

「え？　そうですか？　いつも通りですよ」

不思議そうな顔をされてしまった。確かにユリちゃんはいつも早く来ているので、今日だけが特別じゃない。

「あ、そ、そうだよね」

あはは、と笑って誤魔化《ごまか》したら、ますます不思議がられた。

「久瀬さん、どうかしたんですか？　ちょっと変ですよ」

お客さんの受付カウンターを拭いていた手を止めて、じっと私を見る。そんな大きくて綺麗《きれい》な目で見つめられるとドキドキしてしまう。

小さな顔に、ぷっくりした可愛《かわい》い唇。スタイルも抜群《ばつぐん》で、話は面白いし、気配りも上手。いいなあ。私もユリちゃんみたいになりたいという羨望《せんぼう》の気持ちが湧《わ》いてくる。

彼女みたいに可愛《かわい》くて話も上手だったら……今の厳さんと私の関係は違っていただろうか？

それこそ、結婚式の夜みたいな失態も演じなくて済んだのかな。いつか彼に嫌われるかも、なんて悩む必要もなかったのかも？　嫌な考えがあとからあとから溢《あふ》れてくる。ユリちゃんを見てこんなことを考えるなんて、私は嫌なヤツだ。ああダメだなあ。

ネガティブな思考を切り変えようと、ユリちゃんに向き直った。

「へ、変って……どこが？」

「いや、具体的にはわからないですけど、でも久瀬さんの様子が変なのは私にもわかります。なにか困ったことがあったんですか？」

ユリちゃんの『困ったこと』という言葉を聞いた瞬間、今朝の一件をぼぼん！ と思い出してしまった。頬に触れた厳さんの唇の温かさとか柔らかさとか、私の耳元に微《かす》かにかかった吐息とか！

見る間に頬が熱くなった。すると私をじっと見ていたユリちゃんが、なにかを察したようににやりと笑った。おそらく私の顔は、ゆで上がったタコみたいに真っ赤になっているんだろう。

「なっ、なにを言い出すの、ユリちゃん！ なにもないってば！ いつも通り！」

「やだ、久瀬さん、そんなに恥ずかしがらなくてもいいじゃないですか～。よかった、そういう幸せ過ぎる理由ならいいんです。痴漢《ちかん》とか変質者に遭遇《そうぐう》したんじゃないかと心配したんですよ～」

いや、痴漢《ちかん》とか変質者とかは私みたいな冴《さ》えないヤツを選ばないと思うな！ むしろユリちゃんのほうが狙われそうで心配だ！

「そうですか～、そうですか～、御馳走様《ごちそうさま》です～」

彼女は鼻歌まで歌いだしそうなくらい楽しげだ。

「ちょっと、ユリちゃん！ ひとりでなに納得してるの！ なにもないってば！」

「なにもないってことはないでしょう～。新婚さんなんですから！ 旦那さんって夜はどんな感じですかっ？ 結婚式で見たときはすごく優しそうでしたけど、ぐいぐい攻められちゃってたりして⁉」

前のめりになって聞いてくるユリちゃんに、私はなにも答えられない。

新婚生活一か月にして、頬にキスされるのが一大事だなんて……。情けなさ過ぎて絶対言えない。

「なっ……ふっ、普通だよ……」

目を逸《そ》らしてぼそぼそ答える。そんな私を見ているユリちゃんは上機嫌だ。

「はいはい～。久瀬さんが恥ずかしがり屋さんなのは知ってます～」

彼女はそう言って、にやにやしながらカウンター拭《ふ》きを再開した。

ユリちゃんよりは私のほうがかなり年上なはずだけれど、勝てる気がしない……。私の経験値が圧倒的に足りないのだ。

ユリちゃんが当たり前のように夜の話をしてきたことで、不安と焦《あせ》りが加速する。やっぱり、今のままじゃ夫婦って言えないのかな……。

厳さんの優しさに甘えてばかりいてはダメだ。自分で引き起こした失敗なのだから、自分でなんとかしなきゃ。

「でも、どうしたらいいんだろう……？」

答えは見つからないまま、一日が過ぎていった。

◆
❖
◆

お出かけ前のキスは、あの日以降毎日厳さんのリードで行《おこな》われて、近頃では習慣化した。

毎朝、頬に軽くキスされるだけでとろけそうな幸せを感じる反面、日ごとに焦《あせ》りが募《つの》る。

仕事を終えて帰宅した私は、リビングのソファに座ってあれこれ考えていた。厳さんの帰宅予定時刻まであと二時間。夕飯の仕度《したく》はもう済んだので、思う存分、考え事ができる。

――行ってきますのキスをするようになってから、厳さんに接近する回数は確かに増えたけど、夜の彼は相変わらず紳士的な距離を崩さない。

厳さんは私の心の準備ができるまで待ってくれているのだと思う。

私はというと、心の準備はできている……はず。でも、どうやって誘えばいいのかわからなくてなにもできないでいる。

しかし、キスが増えたことで『彼に嫌われてる？』という心配は減ってきたし、今度は私ががんばらなくちゃ！

よし！　ここは私から厳さんにアプローチするしかない！　そう。私から誘うのだよ！　まだ不安は大きいけれど、いつまでもうじうじしていられない。心の準備ができたって伝えるんだ！

……でも、どうやって？

『厳さん！　私とエッチしてください！』とでも？

言えるか、そんなこと！

じゃあ『厳さん、初夜の続きをしませんか？』とか？

いやいや、これも無理！　恥ずかし過ぎて、言うだけでパニックになってしまいそうだ。

ああ、口に出して想いを伝えるのって難しい……

じゃあ、言葉じゃなくて態度で示してみる？　それとなく接近してみたり、そういう雰囲気を作ってみたり？

——それならできそうな気がしてきた。恋愛スキルがないなんて言ってられない。行動しなくちゃ、なにも変えられないんだよ！

行動あるのみ！

名付けて『旦那さま誘惑作戦』。

こ・れ・だ！

——というわけで。少ない知識を総動員して、私なりに誘惑を仕掛けることにしたのです。

◆　❖　◆

厳さんを誘惑しようと思い立ってから数日後。もう寝るばかりとなった寝室で、思いきってこんな話を持ちかけた。

「厳さん、お疲れでしょう？　マッサージしましょうか？」

初夜でパニックになって以来、厳さんと親密な距離で触れ合っていない。ソファに並んで座るときも、不自然じゃない程度に距離が空《あ》けられているし、抱きしめられることもほとんどない。唯一の例外は行ってきますのキス。

そこで私は、初夜以降に開いてしまったこの距離を縮めることから始めようと考えた。

思いついたのはマッサージ。全身に触れてスキンシップを取りつつ、身も心もほぐれてムフフ、という効果を狙ってみた。

しかし……

私の言葉に厳さんが答えようと口を開きかけた途端、携帯電話の着信音が鳴り響いた。

「ひゃあ！」

まさかそんな邪魔《じやま》が入ると思っていなかった私は、奇声を発して飛び上がった。

しっ……心臓が、痛い……

ドキドキバクバクする胸を押さえて、はぁあああ、と大きく息を吐く。深呼吸、深呼吸。

「大丈夫ですか、桃子さん」

「あ、ハイ。どうぞおかまいなく……それより電話、出ないと」

鳴っているのは厳さんの携帯だ。いまだ着信を告《つ》げている。

早く出ないと切れちゃいますよ！　視線でそう訴えると、厳さんは不機嫌そうにスマートフォンへ手を伸ばした。

「ちっ、伊月《いづき》のヤツ、こんな時間にかけてきやがって」

着信画面を見た厳さんが乱暴な口調で言った。

伊月さんなら仕事の話じゃないですか!? 早く出てくださいーっ！

内心でハラハラしながら見守っていると、彼はようやく通話を開始した。

「おい、伊月。こんな時間になんだ？」

伊月さんは、厳さんの大学時代からの親友。もっとも厳さんはただの腐《くさ》れ縁《えん》だと言って否定するけれど。今は同じ事務所で働く弁護士さんで、私も何度かお会いしたことがある。伊月さんは華やかな雰囲気の方で、いつもにここと笑っている。厳さんとはタイプが違うけど、彼もまたイケメンで、とにかく人目を惹《ひ》く。そんな二人が楽しげに笑い合っていたりすると、これがもう……！いけない、腐《くさ》った妄想が止まらなくなってしまった。

「その件か。それ、明日の朝でいいだろ？ こんな時間に電話してくることか？」

厳さんの、伊月さんに対する口調はいつもこんなふうにぞんざいだ。一番心安い相手だからなのだろうけれど、いまだ敬語で話しかけられている私としては、ちょっと羨《うらや》ましい。

「ああ、そっか。お前、明日は先方に直行なのか。じゃあ仕方ないな。少し待ってろ。パソコンを立ち上げるから」

話しながら、厳さんはベッドを下りた。おそらく書斎《しょさい》へ向かうのだろう。

寝室のドアを開け、厳さんはすまなそうな顔で振り向く。

私が気にしないで、の意味を込めて笑顔で手を振ると、彼は小さな微笑を残して出ていった。

「お仕事、大変そう」

呟《つぶや》いて、ベッドへごろんと横になった。

意を決して旦那さま誘惑作戦を始めようと思ったけど、早速失敗。でも仕方ないよね。お仕事だもの。

理性ではそうわかっているのに、肩すかしをくらった気分。それと同時に、ほっとしたような気持ちも湧《わ》いてくる。そして、そう感じてしまう自分自身にうんざりするのだ。

「――……伊月さんが羨《うらや》ましいなぁ」

心の声がぽろりと漏《も》れた。

ああ、こんなこと思っちゃう自分が本当に嫌だ。

枕をむんずとつかんで、八つ当たり気味にぎゅーっと抱きしめた。そこに顔を埋めて「うー」とか「あー」とか唸《うな》る。

そうしてしばらくゴロゴロしていると、唐突《とうとつ》にドアが開いたので慌《あわ》てて飛び起きた。

「もっ、もういいんですかっ？」

厳さんがこの部屋を出ていってから、まだ十五分ぐらいしか経《た》っていない。

「ええ。もう用事は済みました」

彼はそう言い、にっこり笑ってベッドへ腰かける。

「まったく、気の利《き》かないヤツだ。せっかく貴女と楽しい時間を過ごしてたのに」

肩をすくめて苦笑いをした厳さんは、先ほどと変わらず穏やかな様子。しかし、『楽しい時間』という言葉を妙に意識してしまった私は一瞬にして狼狽《ろうばい》する。

「あ、えっと、お仕事なら……仕方ないです」

しどろもどろになって答えるけれど、自分がなにを言ってるのかさえよくわかっていない。

「ところで桃子さん」

「は、はいっ！」

「マッサージのことですが」

マッサージ！

出鼻《でばな》をくじかれて意思が萎《な》え、さらに動揺している私としては、その話題、蒸し返していただきたくなかったですね！

また今度の機会に……と思っていたので、厳さんから切り出されて慌《あわ》てる。

「その件は……」

日を改めて、と言おうとした私の言葉より、彼が話すほうが少し早かった。

「私はそれほど凝《こ》らない体質なんです……」

そうだ、思い出した。厳さんってジムに通っているし、運動するのが趣味だからか、肩凝《こ》りに悩まされたことはないって言ってた！

ダメだ、作戦失敗。しかもその敗因がリサーチ不足というか、自分の記憶力の悪さとは情けない。

「そ、そうでした！　肩とか凝《こ》らないんでしたよね……。変なこと言っちゃってごめんなさい。私、そろそろ寝ますね。おやすみなさ——……い？」

落ち込んでいるのを厳さんに悟《さと》られないようにと思いながら、お布団に潜《もぐ》り込もうとした……のだけれど、かけ布団をめくる手を厳さんに止められる。

手首を軽くつかまれただけなのに、胸が大きく跳ねた。

「厳、さん？」

なにが起きたの？　そしてなにが起きるの？　驚きと疑問、そして少しの期待が胸の中で入り混じる。

なにごとかと視線で問うと、彼は屈託《くったく》のない笑みを浮かべた。

「桃子さんこそ凝《こ》ってるんじゃありませんか？　さっきも肩や腰を叩いてましたよね？」

「えっ！」

お皿を洗ったあと、確かに軽く肩と腰を叩いたけど、まさか見られていたとは！

「さぁ、ここにうつぶせになってください」

そ、そんな姿をさらせと言うのですか、この動揺しまくっている私にっ！　意識し過ぎて絶対に変なことしちゃうに決まってるよ!!

いや、今しがたまでマッサージにかこつけて厳さんの体をベタベタ触ろうと思っていた私が言うなって話なんだけど。しかし、触るのと触られるのはまったく別だ。

「で、でも……」

「いいから。遠慮《えんりょ》なんてしないで」

「厳さんにマッサージしてもらうなんて、畏《おそ》れおお……わわわっ!?」

痺《しび》れを切らしたらしい厳さんに腕を引っ張られ、強制的に寝かされた。

「痛かったら言ってくださいね」

「うっ……はい」

でろんと伸ばした体を厳さんに見られているのね……うう、恥ずかしい。

いたたまれなくて、つい顔をぎゅうっと枕に押しつけた。

厳さんの大きな手が、ゆっくりと肩を揉《も》み始めた。

力加減が絶妙で気持ちいい。

そしてその手は次第に背へ、腰へとゆっくり下りていく。初めは恥ずかしくてガチガチに緊張していたのに、あんまり気持ちがいいものだからどんどんリラックスしていった。

「痛いですか？」

「いいえ、全然」

「よかった」

痛いどころか、すごく気持ちいい。

「ふ……んぁ……」

揉《も》みほぐされる心地よさに、自然と声が漏《も》れてしまった。

一瞬遅れて、なんてはしたない声を出してるんだ！　と我に返る。

「やだ、すみませんっ！」

急いで口を手で覆《おお》う。そして、もう絶対、変な声を上げたりしないんだから！　と意気込んでいると、背中のほうからクスクス笑う声が聞こえた。

「気持ちいいんでしょう？　抑《おさ》える必要なんてないのに」

気遣ってくれているだけなのに、厳さんを誘惑しようとしていた私の脳みそは彼の言葉をヨコシマな意味に解釈《かいしゃく》してしまう。

「でも、恥ずかしいので……」

「恥ずかしい？　大丈夫ですよ、ここには私しかいませんから、遠慮《えんりょ》なく声を出していいですよ」

ああ！　すごく不埒《ふらち》な意味に聞こえてしまう。このままでは恥ずかしくて耐《た》えられない。

「ほら、せっかくほぐれてきたのに、また強張《こわば》ってますよ？」

特にこのあたりが、と肩甲骨《けんこうこつ》のまわりを軽く揉《も》まれた。

「ひゃっ！」

不意打ちはズルい。

「そうそう、そうやって素直にしていたほうがいい」

満足げな声が降ってきた。

「は……い」

答えが弱々しくなったのは、気持ちよ過ぎてうっかり変な声を上げそうだったから。

厳さんのマッサージは驚くほど巧《たく》みで、揉《も》みほぐされるたびに体が軽くなった。

体がゆるゆると溶け出してしまいそうで、そうなると頭もうまく働かない。意識は現実と夢の狭《はざ》間《ま》を彷徨《さまよ》う。

「本当に……気持ちい……」

うっとりと呟《つぶや》いた――……ところまでは覚えている。

はい！　気が付いたら朝でした！

すがすがしい太陽の光。

「昨日はぐっすり眠れたようですね」と、にっこり笑う厳さん。

疲労全快で軽くなった体。

私の心だけが、ずーんと重い。

ああ、なんということでしょう！　こうして私の誘惑作戦第一弾は失敗に終わったのだった。

その日の夜。私は、Tシャツにショートパンツという軽装で、脱衣所に忍び込んだ。お風呂からはシャワーの音が聞こえる。

タイミングはばっちり！　厳さんは、これから体を洗うところだろう。

昨日の『マッサージしましょう作戦』で大失敗した私は、今度は厳さんのお背中を流して差し上げて、彼に接近しようと考えたのだ。

いつもは服で覆《おお》われている肌に直接触れれば、ちょっとエッチな雰囲気になれるかもしれない！

それに私は服を着ているし、桃子さんの背中も流しましょう、なんて言われて昨日みたいな失敗をすることもないでしょう。もちろん寝オチの恐れもない。

お風呂のドアは曇りガラスなので中は見えないが、ぼんやりと様子はうかがえる。洗い場にぼやーっと見える肌色は厳さんの背中でしょうか!?　と一度考えてしまったら、もうその思考は止まらない。

　中にいる厳さんはもちろん全裸で、私はそんな彼を誘惑しにきたのだ。自分のやろうとしていることを改めて認識すると、もう無理だった。あの夜に見た厳さんの逞《たくま》しい体が思い出され、恥ずかしくてパニックになる。顔が一気に熱くなるわ、動揺して浴室のドアをノックすらできないわで、ひどい状態だ。

　けれど、ここまできて引いてなるものか！　ここで引いたら単なるのぞき魔で終わっちゃう！　それだけは断じて避けたい。

　勇気を振り絞って、ドアをコンコン、とノックした。すると即座にシャワーが止まり、浴室は静まり返った。

「桃子さん、どうしました？」

　よく通る低い声が、バスルームで反響していつも以上に響く。

「あ、は、はい！　あの……」

　ええい！　ここまできて尻込みするな、桃子！

「お、背中……流しましょうか？」

「すみません、もう洗い終わってしまったので」

　脱衣所で右往左往《うおうさおう》しているうちに、タイミングを逃してしまったようだ。

「そうでしたか……お邪魔《じゃま》しちゃってごめんなさい」

私はすごすごと撤退《てったい》するしかなかった。

そのあとも私は奮闘《ふんとう》を続けた。


旦那さま誘惑作戦第三弾は、『きゃ！　つまずいちゃった！　作戦』。

つまずいたふりをして、ソファでくつろいでる厳さんに抱きつく作戦だった。

単純ゆえにパニックになることもないだろうし、効果があると思ったのに……ソファの近くでわざとよろめいた私を、厳さんは転ばないようにさっと支えてしまいました。


第四弾は、『ホラー映画、怖いの〜作戦』。

怖い映画を二人で見て、密着するつもりだった。しかし、選んだ映画がとてつもなく面白くて、作戦そっちのけで、つい夢中になって見ちゃった！　目的を忘れるなんて情けない……


このあたりまで来るともうネタ切れだ。

私のこのポンコツな頭ではいい案が浮かびません。

おまけにここまで失敗が続くと気力も萎《な》えるもので、なにをやってもうまくいかないんじゃないかと諦《あきら》めモードに突入です。

下手な小細工はやめて、ストレートに『エッチしましょう！』って言っちゃったほうがいいんじゃないかなって気持ちになってくる。

けれど、そんな恥ずかしいことを言えるはずがない。

そんなこんなで、旦那さま誘惑作戦開始から一週間が過ぎたのに、いまだなんの成果も得られていない。結局のところ事態はなにひとつ変わらず、失敗を重ねた分だけ元より悪くなっている気がする。

なにか他にいい方法はないものか。考えているうちに、ただ時間が過ぎていくだけだった。

◆ ❖ ◆

良案が思いつかないまま、さらに数日が経過した頃。

その日の夜はいつもと少し違っていた。厳さんから、今日は帰りが遅くなるという連絡があり、空いた時間で先にお風呂を済ませてから彼の帰りを待つことにした。ところが、最近ずっと誘惑作戦を考えていて寝不足気味だったためか、お風呂から上がってソファに座った途端、強烈《きょうれつ》な睡魔に襲われてしまったのだ。

我が家の就寝時間はだいたい二十三時から二十四時の間。二十二時ぐらいまでに二人ともお風呂に入り終えて、残りの一時間は寝室のベッドで読書をしたりしてのんびり過ごすことにしている。

早めにお風呂に入ったはずなので、時間はまだ二十一時くらいだったと思う。いつもだったら、まだまだ夜はこれからよ！　って時間なのに。

巌さんの帰宅を待ちつつ十分ぐらい仮眠を、と思って目をつむったら、あっという間にぐっすり眠ってしまっていた。

「桃子さん、こんなところで寝たら風邪《かぜ》をひきますよ」

巌さんの声で、意識がふっと浮上した。

でも瞼《まぶた》が重過ぎて目は開かないし、気を抜いたらまた眠ってしまいそうなぐらい眠い。

今、何時だろう？

「うー……」

「桃子さん」

「ねむ……くて……動けな、い……もーちょっと、したら、おき、ま……」

起きます、と言い終わらないうちに、また意識がブラックアウトしそうになった。起きなきゃと思っても体は全然言うことを聞かない。

「その様子では、あと少ししたら起きるなんて無理ですね。朝までぐっすり寝てしまうのがオチです。目が覚めたら体中が強張《こわば》っていて痛くなりますよ？　寝室まで運んであげますから、ここにつかまって。そうそう。いい子です。よくできましたね」

「ん～？」

彼の言葉は聞こえるのに、理解ができない。子ども扱いされたような気もしたけど、気のせいかな？　そんなことを夢うつつに考えていたら、急に体が浮いたように感じた。

慌《あわ》てて目を開けると、ビックリするほど近くに巌さんの顔があった。

「え？　な、なに⁉」

「なにって、桃子さんを寝室へ運んでいるんですが」

え？　え？　運ぶ？　この揺れって、もしかして厳さんが歩いてる振動？

そして膝裏《ひざうら》と背中に感じる彼の腕の感触、頬に触れる厚い胸板。

こここれはもしかして、お姫様抱っこではありませんかああああ‼

一気に目が覚めた！　ぎんっぎんに覚めた！

「わ、わわわ」

「もうすぐ着きますから、怖くても少し我慢してください」

私の慌《あわ》てっぷりが面白かったのか、厳さんはくすりと笑って私を見下ろす。

いや、あの、抱っこされるのが怖いわけじゃなくて、ですね、その……体重が気になるんですってば！

「重くないですか？」って聞いたら、きっと気を遣ってくれて「そんなことない」なんて言葉が返ってきちゃうだろう。「下ろしてください！」なんて言っても私が怖がっていると思われそうな気がする。

あれこれ逡巡《しゅんじゅん》しているうちに、気が付けばベッドに下ろされていた。

厳さんは私を抱っこして運ぶ前に、寝室とリビングのドアを開け放しておいたり、かけ布団をめくっておいたりしてくれたみたいだ。ベッドに着地したと思った途端、かけ布団がふわりと体にかかった。彼もすでに寝る仕度《したく》を整えており、眼鏡もベッドサイドに置かれている。

「ありがとう、ございます……」

恥ずかしくて、布団に半分顔を隠しながらお礼を言うと、厳さんはすっと目を細めた。眼鏡《めがね》をかけていないときの彼の目は鋭いけれど、そこからこぼれる視線は優しい。

はっ！　今なら上手くお誘いできるかもしれない。

どうしよう、どうしよう！　言っちゃっていいかな!?

ほら、桃子！　グズグズしてないで、言ってしまえ！　いや、でもこの温かい雰囲気を壊したくないし……と、心が決まらない。

「どういたしまして。ゆっくり寝てください」

彼の手がふんわりと私の頭を撫《な》でた。その優しい温かさに、心の中もじんわりする。

もう今日はいいや。今までの逡巡《しゅんじゅん》が掻き消えた。

だって、こうやって厳さんに甘えさせてもらえるのがすごく幸せなんだもん。余計なことを言ってこの空気を台無しにしたくない。

私のヨコシマな野望は、聖人のような厳さんの優しさの前で潰《つい》えました。

「厳さん、ありがとうございます。おかげでゆっくり眠れそうです。でも……」

「でも？」

「ちょっとだけワガママを言っていいですか？　もう少しだけ、一緒にいてほしいです」

なにかまだ用事が残っているのか、ベッドから離れようとする彼のパジャマの袖《そで》をギュッとつかんでお願いすると、彼は一瞬驚いたように目を見開き、それから小さく微笑んだ。

「桃子さんが眠りにつくまでそばにいますよ」

そう言って彼はベッドに入ってきた。

いつもはベッドの端《はし》と端《はし》で、体が極力触れないようにして寝ているのだけれど、今日の彼はいつもより私に近い所に寝そべった。

「桃子さん」

「は、はい？」

「もう少しこっちに近付いてもらえませんか」

少し恥ずかしく感じながらも、思いきって「はい」と返事をし、もそもそと体をずらした。

「もう少しこっちです」

え？　でもそれじゃ巌さんと体が触れちゃうじゃない！

ためらっていると、彼は「失礼」と断って私の腰を強引に引き寄せた。

横向きに寝ている私の背中に、彼の胸がぴったりとくっつく姿勢。

「英語ではこうやって寝ることをスプーニングと言うらしいですよ。重なったスプーンにそっくりだからだそうです」

巌さんの声がひどく近い。吐息が耳を掠《かす》める。

「そう、なんですか」

うわの空で答える私の声は、ぼんやりしていた。

「こうするのは不愉快《ふゆかい》ですか？」

「そんなことないです！」

即座に否定した。

不愉快《ふゆかい》どころか、心地よ過ぎるくらいだ。

私の背中を包むような広くて厚い胸も、そこから感じる熱も、彼のすべてが私を安心させる。この腕の中にいれば心配することなんてなにもない。そう思える。

と同時に、うなじにかかる吐息や、呼吸のたびに微《かす》かに上下する厳さんの胸の動きにドキドキが止まらない。

「そんなに緊張しないで。初々《ういうい》しい貴女が可愛《かわい》くて襲いたくなっちゃいますから。ね？」

「おっ、おそ、襲うっ!?」

なんでそんなこと言うんですか、この姿勢で！　意識しちゃって体が強張《こわば》る。

いやいやいやいや、緊張してる場合じゃないでしょ。ここは厳さんの言葉に便乗して『襲ってください』とか言っちゃいなよ、誘っちゃいなよ、自分！　こんなチャンス、今しかないよ！

しかし、私の口は「あう、あう、あう」としか発声しない。

そんな私の耳元を、彼の笑いを含んだ吐息が掠《かす》める。

「冗談ですよ。貴女の反応が可愛《かわい》くて、つい意地悪を言いたくなっただけです。貴女の嫌がることはなにもしませんから、安心して眠ってください」

なにかしてください。むしろなんでもしてください、お願いしますっ！　……って言えたらいいのに、意気地《いくじ》なしの自分にはがっかりだ。

でも、焦《あせ》り、昂《たかぶ》った心はあっという間に消えていった。トキメキな展開を望むよりも、彼に包まれる安心感に浸《ひた》っていたくて、私はなにも言わないことを選んだ。

彼の抱擁《ほうよう》にうっとりと酔っていると、とろとろとした睡魔がまた忍び寄ってきた。

「おやすみなさい、厳さん」

「はい、おやすみなさい」

抵抗する気すら起きず、彼に身を任せるとあっという間にまどろみに落ちた。

心地よい温かさに包まれて眠りの淵《ふち》をたゆたっていると、頬に温かく柔らかなものが触れた気がした。ちょっとくすぐったいけど、気持ちいい。自然と顔が緩《ゆる》む。

——その記憶を最後に、私は幸せな気持ちで完全に眠りに落ちたのだった。

◆ ❖ ◆

翌日のお昼休み。

営業所の自分の机でお弁当を食べていた私は、向かいの席でサンドイッチを食べながらスマートフォンをチェックしているユリちゃんに声をかけた。

「ねぇ、どうやったら可愛《かわい》くなれるのかなぁ？」

「え？　久瀬さん……急にどうしたんですか？　まさか！　まさか、旦那さんとうまくいってないんですか⁉」

ユリちゃんはこっちが驚くくらい身を乗り出した。

「え、やだな、そんなことないよ！」

「ですよねぇ。久瀬さん、旦那さんの話題になるといっつも幸せそうな顔しますもんね。いやぁ、独り者の私には目の毒ですわぁ」

「な、なに言い出すの」

はぐらかしても彼女は「照れなくてもいいじゃないですか。事実なんだし」と、どこ吹く風だ。

所長は外出しており、他の人たちも昼食をとりに出ているので、営業所内は今ユリちゃんと私の二人きり。おまけにお昼休みだし、ついつい気安くお喋《しゃべ》りしちゃう。

「と、冗談はここまでにして。……どうしたんですか？」

「うん……あのね。もう少し女らしくなりたいなっていうか……」

「ええ～、今のままで充分に可愛《かわい》いと思いますけど！　あ、でも、旦那さんをもっと夢中にさせたい、とか？　わぁ、いいなぁ、そういうの！」

ここ数日悶々《もんもん》と考え続けた結果、可愛《かわい》くなって巌さんを悩殺《のうさつ》できたらいいなって。いや、悩殺《のうさつ》までいかなくていいの。ちょっとだけ……ちょっとだけグラッとしてくれたらいいな。

昨日の夜も、私にもう少し女の魅力があれば、抱きしめられるだけで終わらなかったかもしれない。

「ま、まぁそんなとこ、かな？」

嘘は言ってないよ！　ただ、すべての事情を話すわけにはいかないから、これで許してほしい。

「やだなぁ、久瀬さん。私たちには二次元という強い味方がいるじゃないですか」

「へっ？」

「大事なことはすべて二次元から教わればいいんですよ。いいですか、ヒントはアニメにも漫画にも小説にも映画にも溢《あふ》れています。世の中には胸キュンな物語がたっくさん存在しますよね？　そこから学んだら、旦那さんだってイチコロですよ！」

「イチコロ！」

なんて懐かしいフレーズ！

「ねぇ、どんな話を参考にしたらいいかな？」

「そうですねぇ、このあたりはどうです？　久瀬さんは新婚さんだし、シチュ的にピッタリじゃないですか？」

スマートフォンをぱぱぱっと操作して彼女が見せてくれたのは、とある漫画の紹介ページだった。

「あ、これ！　私も好きなんだよね！　主人公夫婦が可愛《かわい》いよね」

それは、私も大好きな漫画だった。人がよくてちょっと奥手な旦那さんと、可愛《かわい》いけど破天荒《はてんこう》な奥さんの、エッチなラブコメだ。

「そうそう！　二巻だったかな、あのセクシーランジェリーの話！　あれすっごい好きなんですよ。可愛《かわい》いし、面白いし」

「あ、私もその話、めちゃくちゃ笑った！」

そう。マンネリ化を防ぐためにと、奥さんがセクシーなランジェリーで旦那さんを誘惑して、って話。一生懸命な奥さんの可愛《かわい》さと、押されつつもなんとか理性を保とうとする旦那さんの攻防戦が面白かったんだよね。

ん？

——待て。

そ・れ・だ！

セクシーランジェリーは無理だけど、可愛《かわい》くてちょっとだけセクシーなナイトウェアなら着られるんじゃない!?

「ねぇ、ユリちゃん！　この辺で可愛《かわい》い服とかナイト……じゃなくて、えっとルームウェアとか、そういうの売ってるお店ない!?」

いつもお洒落《しゃれ》なユリちゃんなら絶対知ってるはず。ナイトウェアって言ったらバレバレなので、ルームウェアに言い直す。可愛《かわい》いルームウェアを売ってるお店なら、可愛《かわい》いナイトウェアだって売ってるでしょ！

「どんなテイストの服がいいんですか？　女の子らしい感じ？」

「そう！　女の子らしくて可愛《かわい》くて、でも、可愛《かわい》過ぎないのがいい！　可愛《かわい》過ぎたら私の歳じゃ着れないし……」

「気に入った服を着るのに歳なんて関係ないですよ！　合わせるアイテムに気を遣えば、たいてい着こなせます」

その合わせるアイテムをセンスよく選ぶのが難しいんだって！　と思うけど、話が脱線しそうだったので、口にするのはやめた。

「で、そういうお店、近くにある？」

ユリちゃんはうーんと唸《うな》りながら、唇に指を当てる。綺麗《きれい》に整えられた爪にはネイルアートが施《ほどこ》されていて、ラインストーンがきらりと光っている。今朝、「ネイルサロンでしたの？」と聞いたら、自分でやったと言っていたから驚いた。

「そうですねぇ。甘過ぎなくて可愛《かわい》い感じかぁ。あ！ ありますよ。それも駅ビルの中！ ガーリッシュなルームウェアをいっぱい売ってました。あそこならいいんじゃないかなぁ？」

駅ビルの中なら、帰りがけに寄れる。

「こんな感じのお店なんですけど……」

彼女は片手で器用にスマートフォンを操作し、私のほうへ画面を差し出した。のぞき込むと、どうやら件《くだん》のお店のサイトらしい。トップにお店の画像が大きく掲載《けいさい》されていた。画像を見るだけでワクワクする。内装も可愛《かわい》いけれど、写っている商品も漏《も》れなく可愛《かわい》い。

「わ！ 素敵なお店！ ね、ユリちゃん、このお店って駅ビルの何階？」

グイグイ食いついた私に、彼女は店の名前と場所を紙に書いてくれた。

「ありがとう！ 早速、今日寄ってみるね」

ユリちゃんの書いてくれたメモを大事にバッグにしまった。

今日購入して、明日の朝、厳さんが出かけてから洗濯して干せば夜には着れるかな？

よし、決戦は明日！

タイミングのいいことに明日は金曜日だ。土曜日は巌さんも私もお休みだから、多少夜更《よふ》かししても大丈夫！　今度こそ誘惑作戦を成功させるんだ！

「いい服が見つかるといいですね」

「うす！　がんばる！」

その日の仕事帰り、ユリちゃんに教えてもらったお店で悩むこと一時間強。

可愛《かわい》くてちょっとセクシーなルームウェアやナイトウェアがたくさんあって、あちこち目移りしたけれど、ようやく二着に絞り込んだ。

一着目は白のネグリジェ。

着丈は膝《ひざ》の少し下くらいで、ふんわりと柔らかい。ハイウエストの切り返しがあって、スカート部分はコットン生地とレースが二重になっている。半袖《はんそで》のパフスリーブも可愛《かわい》い。店員さんによればシャーリングの入った襟元《えりもと》はオフショルダーにもできるらしい。

二着目はパウダーピンクのベビードールとショーツのセット。

柔らかい布がたっぷり使われていて、裾《すそ》にはレースがあしらわれている。透《す》けないし、ベビードールにしては丈も長め。比較的大人しめな印象だけれど、胸元の大きなリボンを外すとはだけるようだ。

二着目は上級者仕様だとわかっていたんだけど、可愛《かわい》さとお店の雰囲気に負けて両方とも買ってしまった。

でも可愛《かわい》いから後悔はしていない。

いつか着る機会があるかもしれないし、そのときまで大事にしまっておこうと決めたのだった。

◆ ❖ ◆

そして迎えた金曜日。

寝室の壁かけ時計を見ると、巌さんが帰宅すると言っていた二十二時まであと三十分。巌さんは今日、仕事相手と会食の予定で、いつもより帰宅が遅いのだ。

どうしよう。

お風呂から上がった私は昨日買ったネグリジェとベビードールをベッドに並べてうんうんと唸《うな》っていた。

「当初の計画通り、こっちを着る？」

と言いながら白のネグリジェを手に取ったり……

「いや、でも、試着してみたらこっちも意外と可愛《かわい》かったし、そんなにエッチっぽくなかったよね」

とパウダーピンクのベビードールを手に取ったりする。

「いやいや、それでも胸のリボンひとつではだけるって構造が巌さんにバレたら引かれちゃうんじゃ？」

いかにもやる気満々に見えて、逆に彼の気持ちを萎《な》えさせてしまうかも。

というわけで、また白いネグリジェを手に取る。

「でもでも、せっかく気合いを入れて買ってきたんだから、大胆《だいたん》に行ったほうがいいかなぁ」

なにごとも思いきりが大事。下手に躊躇《ちゅうちょ》すると成功するものも成功しない。

——ということはわかってるけど、やっぱり大人しいのにしておいたほうがっ！

なんて感じで、もうかれこれ三十分ほど悩んでいる。

バスタオル一枚でこれはなかなか無謀《むぼう》だった。とうに湯冷めしてるし、肩を触ってみたらひんやり冷たくなっている。

そろそろ決めないと、厳さんが帰ってきてしまうし、自分の体調にとっても危険だ。

「うーん。どうしよう？　えーい！　ここは思いきって!!」

パウダーピンクのベビードールに決めましたっ！

とりあえず、バスタオル一枚の姿を厳さんにさらすことはなくなったのでホッとひと息。

急いでベビードールとお揃《そろ》いのショーツを身に着けた。たっぷりとしたギャザーのおかげで肌は隠れているけれど、お腹のあたりがスースーしてちょっと心もとない。

いやいやいや！　これしきのことで怖気《おじけ》付いてどうする。

そんなことをひとしきり考えているうちに少しクーラーがきついかな？　と気になり、リモコンに手を伸ばした。

それとほぼ同時に玄関で鍵を開ける音がして、「ただいま帰りました」という厳さんの声が聞こえた。

心臓がどきんと大きく跳ねて、冷や汗がどっと噴き出す。

ああ、驚いた！

もうそんな時間かと時計を見ると、二十二時を五分ほど過ぎていた。

結局、一時間以上迷ってたのか、私は……！

「お帰りなさい！」

厳さんに聞こえるように大きな声で返事をしつつ、慌《あわ》ててガウンを羽織《はお》る。

私が寝室のドアを開けようと手を伸ばすのと、厳さんがノックしたのはほぼ同時だった。

「はい！」

と返事をしてドアを開けると、厳さんは驚いたように目を見開いていた。

え？　もしかしてガウンの下がアレなことがバレた？　と焦《あせ》って自分の服装を見下ろした。けど、前ははだけていないし、おかしいところはないはず。

ああ、そっか。ノックしてすぐドアが開いたので、その早さに驚いたのか。

「お帰りなさい、厳さん！」

「……ただいま戻りました。桃子さんはもう寝るところだったんですか？」

「そういうわけじゃないんですけど、ちょっと」

会話しながらネクタイを緩《ゆる》める厳さんの仕草がやけに色っぽく見えて、目のやり場に困る。でも、ここまで来て失敗は許されない。平常心、平常心。

……ダメだ！　やっぱり平常心無理！　ここは一旦《いったん》名誉ある撤退《てったい》をいたします！

「なにか軽いものでも作りましょうか？　お茶漬けとか」

「いえ、腹は減っていません」

ぎゃ！　あえなく一蹴《いっしゅう》されてしまった。しかし、ここで引き下がってはいけない。

「お風呂、入りますか？　あ、お酒は呑んでないですよね？」

アルコールの匂いは全然しないけど、念のために聞いてみる。

「ええ。呑んでいません」

いつもと同じ爽《さわ》やかな香りが微《かす》かに鼻をくすぐる。いい匂い。もうちょっと嗅《か》いでいたい……って！　落ち着け、自分。変態っぽいことをして、巌さんにバレたら嫌われるかもよ！

「じゃあ、お風呂、用意してきますね！」

「ありがとう。お願いします」

巌さんのお礼を背に聞きながら、早足で寝室をあとにした。

私はさっき戦意高揚《こうよう》のためにバブルバスに入ったから、一旦《いったん》、お湯は落としてあった。だから、新しく湯を張り直さないといけない。

十五分程度で湯張りは終わると思うんだけど、その間なにをしていよう。挙動不審《きょどうふしん》なのを悟《さと》られたくないから、念のためなるべく巌さんとは顔を合わせたり、喋《しゃべ》ったりしないようにしよう。

あ、そうだ。自室で明日着る服の用意をしよう！　ね！

これ以上巌さんの姿が視界に入るとまたパニックになりそうで、いつもはやらない明日の仕度《したく》をごそごそと始めた。幸いなことに厳さんも自室で入浴の用意をしていたので、接触は避けられた。

彼が脱衣所に消えると、ほおおっと長いため息が漏《も》れた。

寝室へ戻り、ベッドの端《はし》っこにどさっと腰を下ろすと……

「うわわわっ！　しまうの忘れてた！」

ベッドの片隅には畳《たた》んだネグリジェがちょこんと置いてあった。

「バ、バ、バレてないよねっ!?」

私がさっき畳《たた》んだまま、誰も触った形跡はない。

脱衣所に向かう厳さんは普通だったし、気付いてないよね。うん。大丈夫！

「さ、今のうちにしまっちゃおう」

しかしネグリジェを手に取ったところで、せっかくの決心がまたまた揺らぎ始めてしまった。

まだ未経験のくせに、このベビードールはちょっとやり過ぎじゃない？　という考えが、ちらりと頭をよぎったのだ。一度考えてしまうと、その疑問はどんどん膨《ふく》らんでいく。

手元にネグリジェがなかったら迷ったりしなかったかもしれない。けど、残念なことにここにある。いつでも着替えられる状況なんだもん。

「いやいやダメダメ。一度決めたんだから初志貫徹《しょしかんてつ》！」

そう。ここまで来たんだから、あとは計画通りに……

ん？　計画……？

けい、かく……？　ああああっ！　しまった！

なんて言って誘うかとか、どういうシチュで誘うかとか、そういうの全然考えてなかったっ！

えっと、漫画ではどうやってた？　なんて言ってた？

ダメだ、焦《あせ》りでちゃんと思い出せない。しかも、昨日ユリちゃんがお薦《すす》めしてくれたあの漫画は実家に置いてきちゃってる！　どうしよう。最終段階で最大のピンチ！

「これはきっと今日は決行するなっていう天の思し召《おぼめ》しよね。うん、やめよ」

ヘタレと言われてもいい。今日はもうやめる！　どっちのナイトウェアもまたの機会までお蔵入り！

引き出しの奥にネグリジェを押し込み、いつも着ているシンプルなパジャマを引っ張り出した。さ、厳さんがお風呂から上がってこないうちにパパッと着替えちゃおう。ガウンを脱いで無造作にベッドへ投げた。

しかし、ガウンがベッドに着地したまさにその瞬間——

唐突《とうとつ》に寝室のドアが開いた。

「桃子さ……」

私の名前を呼ぶ途中で絶句する厳さん。ぎくりと体を硬直させる私。

全身からさぁっと血の気が引いた。

双方動けないまま嫌な沈黙が流れる。

けど、いつまでもそうしているわけにはいかない。ぎくしゃくした動きでそろりと振り向くと、無表情な厳さんと目が合った。

風呂上がりで眼鏡《めがね》を外しているから、鋭い視線がストレートにベビードール姿の私を射貫《いぬ》く。

もしかして、怒ってる⁉

どうしよう！　どうしよう！　破廉恥《はれんち》極まりないとか思われちゃった⁉

「ごっ、ごめんなさいっ！」

咄嗟《とっさ》に出たのは謝罪の言葉だった。

でも、彼は無反応で、まだ鋭い目で私をじっと見ている。

もしかしてこういう扇情的《せんじょうてき》なナイトウェアは嫌いなのかもしれない。それにエッチな子だと思われちゃったかもしれない。「純情なフリして騙《だま》したな！」なんて思われてたらどうしよう。嫌われちゃった？　もう取り返しがつかない？

目頭がじわっと熱くなって視界がにじんだ。

「これは……その、あの！　なんでもないんですっ！　着替えてきます！」

ベッドの上のパジャマとガウンを引っつかんで、洗面所に逃げ込もうとダッシュした。

「待って！」

部屋を出るには当然、入り口にいる厳さんの脇をすり抜けなければならない。

勢いに任せて通ってしまおうと思ったのに、あっさり彼に捕まってしまった。

「落ち着いてください。こんな薄着でどこに行くつもりですか？　風邪《かぜ》をひいてしまいますよ！

ほら、肩が冷えてる！」

肩に置かれた彼の手が熱い。言われてみると、体が寒さで震えていることに気付いた。

「あつ……」

「私の手が熱いんじゃなくて、貴女の肩が冷たいだけです」

責めるような強い口調で言われて、私はただただ縮こまることしかできなかった。

こんなふうに巌さんに叱《しか》られるのは初めてで、正直に言えばとても怖かった。心が委縮《いしゅく》して泣きたくなってくる。

「ごめんなさい、ごめんなさい」

それしか言えなくて、何度も繰り返したら、唐突《とうとつ》にぎゅっと抱きしめられた。

こんなときでも巌さんの腕の中は心地よい。広い胸と温かさに、体の小刻みな震えが止まった。

「怒ってるわけじゃありません。だから、そんなに怖がらないで」

さっきとは打って変わって優しい口調で言われて、私は弾《はじ》かれるように顔を上げた。

するとそこには、怒り顔の巌さんじゃなくて、困り顔の彼がいた。その表情が少し寂しげに見えて、驚きで瞬時に涙が引っ込んだ。

「いわお……さん?」

「話はあとです。とりあえずベッドに。布団をかけて温まりましょう」

頷《うなず》く暇もなく強制的に連れていかれて、私はされるがままにベッドに潜《もぐ》り込んだ。

巌さんにうしろから抱きしめられ、この前と同じスプーニングの体勢になった。

この体勢は、背後からすっぽり包まれるからすごく安心する。それと同時に、うなじや耳元に彼の吐息がかかってドキドキするし、くすぐったい。

「エアコンを弱めたから、もう少ししたらこの部屋も暖かくなりますよ」

「はい……」

巌さんがこのベビードール姿の私についてどう思っているのか不安で、小さくて短い返事になってしまった。

なにか言ってくれないだろうか。そう思うのに、巌さんは一切口を開かず、寝室には沈黙が落ちる。話をするのも嫌なくらいに呆《あき》れられてしまったのだろうか、明日には離婚を言い渡されるのだろうかと不安が渦巻《うずま》く。

そして、とうとうその沈黙に耐《た》えられなくなった。

「ごめんなさい！　私……私、どうしても巌さんと……えっと、その……ちゃ、ちゃんとした夫婦になりたくて！」

「桃子さ……」

自分の気持ちを吐露《とろ》するのは恥ずかしかったけど、今言わなければきっと後悔する。

「ごめんなさい！　聞くのも嫌かもしれないですけど、私の話を最後まで聞いてください。お叱《しか》りはあとで受けます。だから……」

「わかりました。続けて」

うなじにかかる彼の吐息が熱くて、胸がぎゅっと切なくなった。

「結婚式の日の夜、あんなふうに大人げなく泣きわめいて巌さんに迷惑かけちゃったから、嫌われてるんじゃないかってずっと不安だったんです。離婚したくても、仲人《なこうど》をしてくださった方への義理で切り出せないでいるのかなとか、そもそもこの結婚自体、なにかのしがらみがあって断り切れなかったんじゃないかとか、いろいろ心配になっちゃって。私、可愛《かわい》くないし、家事は下手だし、オタクだし。それにひきかえ厳さんは優しいいし、格好いいし、素敵で……私なんかよりずっと綺麗《きれい》で可愛《かわい》くて家事も上手くこなせる素晴らしい女性とのほうがお似合いだって思ったりしたんです」

順序立てて説明していたつもりが、途中からよくわからなくなってきた。

「でも、毎日優しくしてくれる厳さんを見てると、夫婦になってよかったって思ったり。たとえ嫌われてたとしても、私は厳さんのことが大好きだし、愛してます。できることならちゃんと……その……かっ、体も夫婦になりたかったんです。初日にあんなひどい暴れ方をしてしまったから、自分から厳さんを誘ってみようと思ったんですけど、どうやったらいいのかわからなくて。それで……」

「それで？」

先を促《うなが》す彼の声は短くて、感情を察することはできなかった。

こんなことを正直に打ち明けていいのかな？　そんな気持ちが胸の中を渦巻《うずま》くけれど、もうあとには引けない。

「それで、いろいろ考えて、可愛《かわい》くてちょっとセクシーな服を着たら……その……私なんかでも多少はマシになるんじゃないかと思いまして……買っちゃったんです、このベビードール。これを着れば、厳さんを誘う勇気が、少しでも出せる気がして……」

言いたいことの百分の一も伝わってないかもしれない。でも、今の私にはこれが精いっぱいだ。

厳さんからどんな答えが来てもいいように覚悟を決めて、体を強張《こわば》らせながら、ぎゅっと目をつむった。

けれど、身構えたのにいつまで経《た》っても彼はなにも言わない。

「あれ？」

思わず呟《つぶや》いた途端、首筋に熱くぬめったものが触れた。それが彼の舌だと理解したのは少し遅れてからだ。触れられたところが熱くて、吐息が漏《も》れてしまう。

「っつ！」

「まったく貴女という人は！　どこまで私を翻弄《ほんろう》すれば気が済むんだか」

「え？」

訳がわからずきょとんとすると、彼が笑う気配がした。

「要するに、私は貴女を一生離さないってことですよ」

「厳さん？」

「離婚だとか義理だとか、どうしてそう突拍子《とっぴょうし》もないことを思い付くんですか。それに、私がしがらみに縛《しば》られると思いますか？　私は他人に意見を押し付けられるのが嫌いだ。だから、そうなったとしたらなにがなんでも抵抗しますし、縛《しば》ろうとした相手も叩き潰《つぶ》しますよ。桃子さんは私の仕事を忘れたんですか？」

そんなことはないと言いたくて、小さく横に首を振った。

そうだった。厳さんは弁護士だもんね。理不尽な目に遭《あ》いそうになったら法律を武器に徹底的に戦うだろう。

「それにね、なんですか、言うに事欠いて自分には魅力がない？　無自覚にもほどがある！　私が毎日どんな気持ちで貴女と過ごしてきたか……全然わかってない！　何度欲望に負けそうになったことか。そろそろ我慢の限界だったけど、また怖がらせてはいけないので、まず手始めにキスに慣れてもらうことから始めようと思ったんですよ」

「え！　じゃあ行ってきますのキスって……」

「ええ、そうです。あのくらい軽いキスから徐々に慣れてもらおうと思っていたのに」

そこで言葉を切り、彼はがばっと起き上がった。

肩をぐいと引かれたと思うや、私は彼に組み敷かれていた。あっという間の出来事で状況が把握《はあく》できない。見下ろす彼の顔をぽかんと眺めるだけだ。

「あの、いわ、お……さん？」

「なのに、こんな強烈《きょうれつ》な不意打ちをして！　理性がもつわけがない！　煽《あお》ることを覚えるなんて本当にいけない人だな」

なんだか予想外の方向に話が向かっているような気がした。

「愛しているんだ、君を。出会いこそ見合いだったが、心から君を好きになった。だからプロポーズしたんだ。ここまでは理解してもらえたかな？」

真剣な眼差《まなざ》しに胸を射貫《いぬ》かれて、声が出ない。

ただただ、何度も頷《うなず》いた。

「よかった。もう二度と俺の気持ちを疑わないでくれ」

「は……い」

よく回らない頭で、これは夢なんじゃないかとぼんやり考える。自分に都合のいい夢を見てるだけで、本当は広いベッドの隅でひとり眠っているんじゃないか。もしくはお見合いも結婚も全部夢で、目が覚めたら実家のシングルベッドなんじゃないの？　なんて考えまで浮かぶ。

そんな空想を打ち消すかのように、彼の唇が私のそれを塞《ふさ》いだ。

「んっ……」

鼻にかかる声は、約二か月ぶりにする深いキスの心地よさのせい。

いきなりだったから驚いたけれど、私はすぐに受け入れた。

彼は迷いのない動きで、私の唇を舌でなぞったり、軽く甘噛《あまが》みする。その刺激はあっという間に私を追い詰めていく。体が熱くなり、頬が火照《ほて》った。

「ふ……あ………んんっ」

体の奥がじんじんと熱く痺《しび》れていく。

口腔《こうこう》へ侵入した彼の舌は、誘うように私の舌の縁《ふち》をゆっくりとなぞった。

「んっ！」

それは驚くほど甘い刺激で、腰が跳ねた。そのことを恥ずかしいと思う間もなく、彼の手が私の腰を撫《な》でる。触れるか触れないかの優しいタッチは心地よいような、もどかしいような不思議な感覚を呼び起こす。

その間にも口腔《こうこう》を犯すキスは続いていて、くちゃ、ぴちゃ、といやらしい水音が耳に流れ込んでいる。

「ん……あッ……はぁ……」

いつの間にか、私も舌を彼のそれに絡《から》めていた。自分から彼を求めるのは、与えられる快感を享受《きょうじゅ》するだけとは全然違う。

愛されたい。そして、私も彼を愛したい。そんな想いが湧《わ》き上がる。

キスの合間合間で息をついでも、だんだんと息苦しくなってゆく。

酸欠と興奮で頭がくらくらとした頃、名残惜《なごりお》しそうにゆっくりと彼が離れた。

荒い息を繰り返す私と違い、厳さんは頬こそうっすらと紅潮《こうちょう》しているけれど、息は乱れていない。

「愛してる」

「厳さん……」

ささやかれた言葉が嬉しくて、胸が詰まった。

至近距離でじっと見つめ合うと、それだけで胸がいっぱい。

「わ……たしも、厳さんが……好きです。……愛して、います」

「知ってる。さっき言ってくれただろう？」

「え？」

悪戯《いたずら》っぽい声で言われて自分の言動を遡《さかのぼ》る。確かにどさくさに紛《まぎ》れて言った——ような気がする。

「俺が大好きだから、体も夫婦になりたい、そうさっき言っただろう？　あんな強烈《きょうれつ》な告白をしておいて覚えてないだなんて、許せないな」

「え、あ、あれは……その……夢中だったんで、ついぽろっと本音が、出ちゃいました」

巌さんに言われて、自分がなにを言ったか思い出しちゃったので、素直に認めるしかない。彼は満足そうに目を細めて頷《うなず》いたあと、ふたたび口を開いた。

「さて。これですれ違いは解消したことだし、本題に入りたい。かまわないかな？」

「本題？」

小さく口元を綻《ほころ》ばせた彼は、剣呑《けんのん》な雰囲気をまとっている。

射るような眼差《まなざ》しとあいまって妙に迫力がある。その目で見られていると身がすくむけど、とても魅惑的で目が逸《そ》らせない。こんな巌さんは今まで見たことがない。

「君に誘惑されたいな」

巌さんはそう言って、にっこり笑った。

「うっ！　そ、それって……」

「今夜は俺を誘惑してくれる計画だったんだろう？　せっかくだから、されてみたいなと思って」

意地悪で、情欲的なささやき。いつもとは違う口調や、俺、という一人称が荒っぽく、熱を孕《はら》んでいる。こんなふうにささやかれたら抗《あらが》えない。

「どうやって？」

誘惑する言葉とやり方を思い付けなくて計画は頓挫《とんざ》したのに。

「さぁ？　どんな誘惑でも俺は嬉しいから、君の好きなように」

そう言いながら彼の手は、私の腰からお腹、そして胸のあたりを撫《な》でる。

「ひゃ！」

急な刺激に驚いて悲鳴《ひめい》を上げると、彼はにやりと口角を上げた。

「さぁ、早く」

促《うなが》されても、どうすればいいのかわからない。

その間に彼の手は徐々に大胆《だいたん》になっていく。胸に優しく触れていた手の平は、いつの間にか膨《ふく》らみ全体を揉《も》みしだくような動きに変わっていた。

「んっ！　あ……」

胸の頂《いただき》が硬くなり存在を主張し始めたのがわかった。

揉《も》まれるたびにベビードールの柔らかい生地に頂《いただき》が擦《こす》れて、新たな刺激になる。

「やっ……ん……それ……」

「嫌？　本当に？」

彼の人差し指の爪が、敏感《びんかん》になったそこをカリ、と軽く引《ひ》っ掻《か》いた。快感が強過ぎて耐《た》えられず、悲鳴《ひめい》に似た喘《あえ》ぎが漏《も》れる。

「んんーっ！　あ……はぁっ」

弓なりに反った私の背中とベッドの間に彼の腕が差し入れられた。必然的に胸を彼に向かって突き出すような格好になる。

「や、恥ずかし……あ、ああああ、んっ！」

身をよじって逃げようとする私を咎《とが》めるかのように、彼の指が私の背筋を滑《すべ》った。

甘い戦慄《せんりつ》が背中を走り、ゾクゾクと体が震える。

布越しの刺激なのに、どうしてこんなに感じるの？　泣きたくなるくらい気持ちがいい。

「気持ちいい？　いいよ、もっともっと気持ちよくなってくれ。君の感じている顔、可愛《かわい》くてたまらないな」

彼の顔が私の顔にどんどん近付き、耳朶《じだ》を熱い舌で舐《な》められた。

「もっともっと、理性を失うくらい気持ちよくなって、そうして、俺が欲しいと強請《ねだ》ってくれたらいい」

耳を掠《かす》める吐息と彼の淫《みだ》らなささやきで、体の奥でくすぶっていた熾火《おきび》が一気に勢いを増した。

「は……ぅ……いわお、さ……」

大きく背を反らしているせいで、着ているベビードールの前がはだけてしまった。おかげでお腹が丸見えだ。

今、胸のリボンをほどかれちゃったら……不安と期待が入り混じった緊張が走る。

「よく似合っているのでもう少し眺めていたい気もするが……」

私の胸を這《は》っていた彼の手がリボンにかかった。しゅるり、と小気味《こきみ》よい音を立ててリボンがほどかれると、ベビードールの前がはらりと開いた。そのまま彼の手によってあっさり脱がされてしまう。

「今はこっちを堪能《たんのう》したい」

そう言って巌さんは赤く腫《は》れて立ち上がった実をぱくりと口に含んだ。

先ほどからの愛撫《あいぶ》で敏感《びんかん》になったそこを、彼は飴玉《あめだま》を転がすように舌で舐《ねぶ》った。

「んあっ！　……あ、あ、あぁ……」

布越しに触れられていたときとまったく違うダイレクトな刺激で、胸だけじゃなくお腹の奥がじんじんと疼《うず》く。

熱い舌が蕾《つぼみ》に優しく絡《から》みつき、しごくように舐《な》め上げられるのがたまらなくて、無意識のうちに逃げようとした。

けれど、巌さんの手ですぐに引き戻される。ねっとりした愛撫《あいぶ》の合間にきつく吸われたり、軽く歯を立てられたり。そのたびに腰がビクビクと跳ねて、過剰ともいえるほど反応する。

「可愛《かわい》いな」

「やぁ……ダメ！　そこで喋《しゃべ》らないで」

頂《いただき》を口に含みながら、巌さんが笑う。そうされると不規則な動きが加わって、切ないくらい気持ちがいい。

「どうして？」

わかっているはずなのに、そんなことを聞いてくる。巌さんは意地悪だ、と心の隅で思う。

「だって……それ……気持ち、よ過ぎて……」

答えると彼は、私の胸に口をつけたまま上目遣いで私を見上げた。

口元は見えないけれど、目は満足げに細められている。

「そうか。じゃあ、やめない。もっと感じて。乱れた君が見たい」

視線が絡《から》み合う。彼の瞳の奥にちらちらと欲望の火が見えた。

まるで、獲物を見つけた捕食者のよう……

欲望を目の奥に宿らせ、獲物の動向を的確に分析、判断している。そんなふうに見える。

厳さんが、見せつけるようにぺろりと舌を出して頂《いただき》を舐《な》めた。

「んーッ！」

与えられた刺激はそれほど強くないのに、扇情的《せんじょうてき》な眺めのせいで、ひどく感じてしまっていた。

下腹部の疼《うず》きがたまらなく大きくなっている。

その熱をどうにか散らしたくて本能的に腰を揺らしたところ、その拍子《ひょうし》に下着に擦《こす》れて秘めた部分がぬるりと滑《すべ》った。同時に、下着の湿った感触を強く意識する。その冷たさに、熱を持った秘部が反応してしまう。

「ひぁ……あ……ん」

こんな些細《ささい》なことにまで感じるなんて、恥ずかし過ぎる。

そんなことを考えているうちに、背中に差し入れられていた彼の腕が、いつの間にか、腰を這《は》い下へ下へと伸びていく。

「あ、や……だッ」

「怖い？」

「違……う……怖くは、ない……の」

だから、やめないで。

「じゃあ、遠慮《えんりょ》はしない」

声に出さなかったのに通じたみたい。

長く形のいい指が腰から太腿《ふともも》へ移る。何度か内腿《うちもも》を往復して、足の付け根をそろりと撫《な》でた。

「あ……」

「――そういうことか。恥ずかしがらなくていいのに」

下着の上から亀裂《きれつ》に沿ってひと撫《な》でした彼は、私が拒否した理由に気付いたようだ。

「だって！」

「君が感じてくれて、俺は嬉しいんだけど？」

淫靡《いんび》に笑いながら、彼は何度もそこをなぞる。

「あ……はぁ、んッ……ぅあ……っ……い……わ……さん……」

気持ちいい。でも、もどかしい。

もっと、もっと欲しい。でも、怖い。

どうしようもなくて、喘《あえ》ぎの合間に何度も厳さんの名前を呼ぶ。そのたびにキスで唇を塞《ふさ》がれた。

優しいキスにうっとり酔っていると、下着の上から亀裂《きれつ》をなぞっていた指が、下着の中へ潜《もぐ》り込んできた。襞《ひだ》を掻き分けるように指が蠢《うごめ》いた途端、クチャッという粘度《ねんど》の高い水音が響く。

「すごいな」

厳さんの声には嬉しそうな色がにじんでいた。

彼は私の喉《のど》から胸、そしてお腹へとキスの雨を降らせていく。

時折、ちゅっと大きな音を立てて肌を吸う。チクリとする痛みに、ああ、これがキスマークをつけるってことなのかな、とぼんやりと思った。

彼に所有されている証《あかし》。被虐的《ひぎゃくてき》な喜びが快感に変わって、彼の触れている場所が熱い。

「少し腰を上げて」

理由はよくわからなかったけれど、言われるままに腰を浮かせる。

するとと彼の指が下着にかかり、あっという間に脱がされてしまった。

「やっ」

今さらだとは思っても、恥ずかしさがぬぐいきれず身をよじった。

「こら。隠さない」

「恥ずかしくて……」

たしなめられても、はい、わかりましたなんて言えない。恥ずかしいものは恥ずかしいんだもの。

「そんなのすぐに気にならなくなるよ」

「あ……」

蜜《みつ》のように甘い声でささやかれて、寒気に似たものが背筋に走った。

甘えた声が吐息と一緒に漏《も》れて、ますますいたたまれない気持ちになる。こんな声を彼にこれ以上聞かれたくなくて、唇をそっと噛んだ。

下着を脱がし終えた彼の指が愛撫《あいぶ》を再開する。彼の指が動くたび、聞くに堪《た》えない水音が上がった。円を描くように隘路《あいろ》の入り口をなぞられると、ひと際《きわ》大きな音が立つ。

クチャ、ヌチャ、という耳を塞《ふさ》ぎたくなるような淫猥《いんわい》な音。

「やあっ……も、それ……やぁ……」

うわ言のように繰り返して、首を振った。

すると、亀裂《きれつ》で蠢《うごめ》いていた指は動きを止めた。願いが通じたと思ったのは、ほんの一瞬。

「指が嫌？　なら……」

内腿《うちもも》の付け根に彼の手がかかり、ぐいっと足を広げられた。

「やっ！　なに⁉」

こんな格好じゃ、恥ずかしいところが丸見えになっちゃう！　彼の手に抗《あらが》って足を閉じようとしたけれど、できなかった。人一倍体格のいい彼の腕力に私が敵《かな》うわけがない。その間にも、彼はさらされたそこへ顔を近付けていく。

どうしてそんなところに⁉　疑問で頭がいっぱいになる。

「ダメッ！　やぁ、厳さんッ……………あああっ！」

熱くぬめったものが、亀裂《きれつ》の襞《ひだ》を掻き分けた。

指で触られていたときとは全然違う。柔らかで、ひどく淫《みだ》らな動き。厳さんの舌がじわじわと炙《あぶ》るように官能を引きずり出す。

「は……あぁ……あ……」

否応《いやおう》なく快感の渦《うず》に巻き込まれていく。

ギュッとつむった目の端《はし》に涙がにじみ、のけぞる首筋に汗で張り付いた髪は、少しの動きでもつんと引きつる。普段なら不快な感覚なのに、なぜかそれらにさえ興奮を覚える。

私の体はどうなっちゃったんだろう？

怖い。でも、このままはもっと嫌。

混乱と快感がない混ぜになって、思考がまとまらない。いっそ、なにも考えられなくなっちゃえばいいのに。

巌さんは隘路《あいろ》の入り口を丹念に舐《な》め上げ、時折、舌先を中へ侵入させる。

そんな動きを繰り返していた彼の舌が前へと移動した。ちょうど両側の襞《ひだ》の合わせ目あたりを舌先で探る。

「ひっ!?　ああああああッ！」

頭のてっぺんからつま先まで電流が流れた。そのくらい強い衝撃が私の体を襲ったのだ。しかもそれは次から次に波のようにやってきて、理性をどんどんはぎとっていく。

「いやあああ！　ダメ！　それ、ダメなのッ！」

ほんの小さな場所から生み出される快感はひどく強くて、耐《た》えきれなかった。腰をがっちり押さえられているにもかかわらず、無我夢中で彼の舌から逃れようとする。けれど、逃げるために腰を浮かせたことにより、彼にそこを押し付ける体勢になる。

襞《ひだ》に隠れた肉芽が押し潰されるくらい強く擦《こす》られて、足ががくがく震える。

「あ……んっ……も、ほんとに……それ、だめぇ……」

快感と言うには鋭過ぎるし、苦痛と言うには甘美《かんび》過ぎる感覚。

いやいやと首を振っても彼の舌は止まらない。ぴちゃぴちゃと、まるで猫が水を飲むような音を立てて舐《ねぶ》る。

「あ……はぁ……はぁ……んっ……あ……」

自分の喘《あえ》ぐ声と荒い息、そして彼が立てる湿った音が同時に耳に流れ込んでくる。

――どのくらいそうして彼の舌に翻弄《ほんろう》されていただろう？　電流のような鋭い衝撃は、徐々に苦しさより快感に変わってきていた。

爆発しそうな熱が体の奥に溜まって、もう自分ではどうしようもなくなっていた。少しでも刺激が加わったら、破裂してしまいそう。

「は……もぅ……無理……も、おかしく……なるぅ……」

うまく喋《しゃべ》ることすらできず、語尾が舌足らずになった。

「おかしくなって……いい」

顔を上げてこっちを見た厳さんの口元はひどく濡れていた。それがなんのせいなのかわかると、羞恥《しゅうち》で眩暈《めまい》がした。

「やっ！」

彼の姿をまともに見られなくて目を背《そむ》けた。

クスリと笑う気配がして、それからまた執拗《しつよう》な舌が肉芽を転がし始めた。

そうされてしまうと、話はおろか、なにかを考えることさえ無理。すべて吹き飛んじゃう。

「あああッ！　ふ……あっ……ひぁ……」

どうしようもない快感で、喘《あえ》ぎが悲鳴《ひめい》に変わる。

いつの間にか彼の指が隘路《あいろ》に侵入していて、そこからもじわじわと快感が湧《わ》き起こっていた。指が抜き差しされるたびに、内側の壁が擦《こす》れて切ない疼《うず》きが生まれる。

異物感はあるけれど、それよりも甘い感覚が勝《まさ》っていた。

彼の指は丹念に私の中を広げ、なにかを探るように内壁をまさぐる。もどかしい感覚に、私は腰をもぞもぞと蠢《うごめ》かせた。

彼になぶられている肉芽からは相変わらず鋭い快感が湧《わ》き続け、私はなにも考えられなくなっていた。本能のままに喘《あえ》ぎ、翻弄《ほんろう》され、いつ終わるともわからない快楽に揉《も》まれ続ける。

そうして彼の指が隘路《あいろ》の奥の一点に触れた瞬間、朦朧《もうろう》としていた意識が覚醒《かくせい》した。

強烈《きょうれつ》な刺激による衝撃で、体がびくびくと数回跳ねる。

「あ、あ、あ……ひっ！　……や、なに？　……今の……」

「ここか」

恐慌《きょうこう》をきたしそうになる私と裏腹に、厳さんは冷静に呟《つぶや》いた。

「あっ、そこ！　もぅ……触らないで……っあああ！」

懇願《こんがん》しても彼は動きを止めない。それどころか、私がとりわけ大きな声を上げる場所を狙って執《しつ》拗《よう》に擦《こす》り上げる。

「やっ！　やめ……あ、あ、あ、も………ああああああッ！」

私の中にあった熱が一気に弾《はじ》けて、目の前が真っ白になった。ピンと伸びるつま先、シーツをきつく握りしめる両手、弓なりにしなる背、がくがくと痙攣《けいれん》する足。荒々しく体を駆け抜けた緊張はすぐに去り、私はぐったりとベッドに体を投げ出した。力が入らず、ただ荒い息を繰り返す。

そんな私の額《ひたい》に張り付いた髪を払い、彼はそこにキスを落とした。

「うまくイけたね」

「イく？」

あれがイく——つまり絶頂というものなんだろうか？

知識としては知っていたけど、あんなに嵐みたいなものだとは思ってなかった。

私の息が整うまで、巌さんは私の体を優しく撫《な》でながら、額《ひたい》や頬、そして唇についばむような軽いキスを繰り返してくれた。絶頂の余韻《よいん》と、大きな手で触れられる心地よさ、そしてまだ消えないお腹の奥の埋み火《うずみび》。それらの、なんとも形容しがたい、甘く気だるい心地にうっとりと酔った。

でも……これで終わりじゃないんだよね？　不安になった頃、少し困ったような声音で巌さんが切り出した。

「落ち着いた？　そろそろ……」

「はい。もう、大丈夫です」

それを合図に、彼が私に覆《おお》いかぶさった。

深いキスを繰り返す間に、彼の手が胸をまさぐり、そして下りていく。

まだ火照《ほて》ったままの秘部はあっさりと彼の指を呑み込んだ。

「あ……っ……」

甘い声が口から漏《も》れる。一度達したせいでかなり敏感《びんかん》になっていたそこは、彼の指がゆっくりと蠢《うごめ》くだけで過剰に反応した。

指が隘路《あいろ》の入り口ギリギリのところまで引かれると、こぽりと音をたてて奥からなにかがこぼれだす。

流れ出したもののせいか、彼の指が立てる音が一段と大きくなった。じゅぶじゅぶと泡立ったような水音が立つ。

「恥ずかし……」

「そう恥ずかしがるな。こんなに感じてもらえて、俺としては嬉しい限りなんだが」

ふっ、と笑う。

「早く君のここに挿《い》れたいよ。きっとすごく気持ちいい」

卑猥《ひわい》なことを言われて、恥ずかしさと嬉しさにお腹の奥がきゅんと疼《うず》いた。その拍子《ひょうし》に彼の指を締め付けてしまった。

「んっ！　あ……ん……」

深いところまで届いている長い指が生々しくて、新たな快感を呼ぶ。

「きて……ください……」

怖くないと言ったら嘘だ。でも、今日は大丈夫。そんな気がした。

もし万が一、今日がダメでもまたチャレンジすればいい。すれ違いは解消できたんだもの、今までの二か月みたいにひとりで悶々《もんもん》と悩むことはない。

「……ッ！」

巌さんは驚いたように目を見開いて私を見つめる。少しの間そうして見つめ合ったあと、彼は苦笑いとともに顔を伏《ふ》せて、長いため息をこぼした。

しかしそれは一瞬のことで、彼がもう一度顔を上げたときには、さっきまでの少し意地悪で、ひどく艶《つや》やかな表情に戻っていた。

「ストレートかつ、魅力的な誘惑だな」

「ゆう……わく？」

なんのことかと思った次の瞬間、先ほど彼が口にした言葉を思い出した。

――君に誘惑されたいな。

「あ……」

「君が嫌がっても俺がやめなかったら、遠慮《えんりょ》なく殴ってくれ。情けないことに、俺には途中でやめられる自信がない」

「……巌さん」

「君が欲しくて仕方ないんだ。自分でも呆《あき》れるくらい。欲しくて、欲しくて……これじゃ、欲のままに君を貪《むさぼ》ってしまいそうだ」

情熱的に求められる悦《よろこ》びに、背筋がぞくりと震えた。巌さんになら、なにをされてもいい。そんな被虐的《ひぎゃくてき》な欲望が胸の中に湧《わ》く。

「それでも……いい。私も、厳さんが欲しい」

彼の首に腕を伸ばして抱きついた。

「桃……っ！　くそっ、煽《あお》らないでくれ。本当に歯止めがきかなくなるだろうが！」

歯止めなんて、いらないのに。そう言う代わりに、彼の首に回した腕にぎゅっと力を込めた。

「本当にいいんだな？」

きつく抱きついたまま、こくこくと頷《うなず》く。

それとほぼ同時に彼は私の腕をほどいた。それから、またたく間にベッドに組み敷かれ、彼の手が私の内腿《うちもも》にかかった。大きく割り広げられ、濡れて熱く火照《ほて》る場所が彼の目にさらされる。

「力を抜いて」

濡れそぼったそこに、硬いものが触れる。

いよいよ……と思うと、ごくりと喉《のど》が鳴った。

その音が聞こえたのか、厳さんはちらりとこちらを見た。欲情に濡れて光る彼の目がスッと細まる。私の目もきっと同じように欲望を宿しているんだろう。

あてがわれたものが入り口あたりを二、三度擦《こす》る。にちゃにちゃといやらしい音がして、それが興奮と羞恥《しゅうち》を煽《あお》った。

「悪いが、もうやめてやれない」

「やめなくていい……はや、く……っ」

「だから煽《あお》るなって言ってるだろう！　後悔するぞ」

叱《しか》るように呟《つぶや》くや否《いな》や、彼は熱い楔《くさび》をぐっと強く押しあてた。

「んっ……！」

指とは桁違《けたちが》いの質量が、敏感《びんかん》になったそこを割り広げ、分け入る。

圧迫感で息が詰まり、ちりちりとした熱い痛みのせいで体が強張《こわば》った。

「つう……あ、あ……くっ……は……」

口から漏《も》れるのは意味をなさない言葉ばかり。

「……ッ……きつ……い、な……」

食いしばった歯の間から絞り出すような厳さんの声。

うっすらと目を開くと、切羽詰《せっぱつ》まったような彼の顔が見えた。

私の体に力が入っているせいで、入れにくいのかもしれない。なんとか力を抜きたくて、はぁはぁと浅い息を繰り返した。深呼吸なんて無理だけど、せめて息を詰めないように努める。

「……っん……んん……あぁ……」

少しずつ、でも確実に彼が私の中に入ってくる。

「辛いか？」

「あっ……ん……だい、じょ……ぶ……」

気遣わしげな問いに、荒い息の合間に答える。

辛くないのは本当だ。事前によくほぐされたおかげか、痛みは思ったよりひどくない。ただ、すごい質量のものに押し広げられる圧迫感が身を苛《さいな》む。でもそれは不快なものではなくて、彼に征服される悦《よろこ》びに繋がっている。

彼のものが内壁をズッ、ズッと擦《こす》るたびに、肌が粟立《あわだ》つような感覚に襲われる。

「あ……巌さ……ん……」

切れ切れに名前を呼ぶと、そのたびに彼に頬や腰を撫《な》でられる。

時折、彼がなにかを堪《こら》えるような顔をするのが気にかかった。

「巌さん……つら、い……の？」

「……辛い？　そうだな、桃子の中が悦《よ》過ぎるからな」

彼の唇が淫靡《いんび》につり上がり、笑みを刻んだ。

「ほら……全部入った」

「ぜ……んぶ？」

彼の体と私の体が隙間なくぴったりとくっついている。

本当にひとつになれたんだ……！

実感した途端、お腹の奥がずくんと疼《うず》いた。

隘路《あいろ》の最奥になにかがこつりと当たる感じがした。その『こつり』に一度気が付いてしまうと、もう無視はできない。

「あ……んっ……あああっ……奥が……」

「奥？　ああ、当たってるな。ここだろう？　こりこりして気持ちがいい」

確かめるように彼が小さく腰を揺らすと、最奥がぐりぐりと擦《こす》られて大きな衝撃が襲ってきた。

たまらなくて、腰を蠢《うごめ》かして逃げようとする。それが彼の目にどんなふうに映っているかなんて気にする余裕もない。

「それっ……いやぁ……んっ！」

「すごいな。中が……ひくひく動いてる」

「ぁあっ……だって……奥が……」

彼はまた小刻みに腰を揺らした。

「あああああっ！　ダメぇ……」

「そんなにいやらしく腰を動かして……。よほど気持ちがいいらしい」

忍び笑いしながら、彼が低くささやいた。

初めてなのに、ひどく乱れていることを揶揄《やゆ》されたような気がして泣きたくなる。

「やっ……そんな……言わな……で……」

「どうして？」

「んっ……あ……恥ずかし……っ、なんで、こんなっ……あ……んんっ！」

いやいやと首を振れば、なだめるようなキスが降ってくる。

「恥ずかしがることはないだろ？　最初から気持ちいいなら、君と俺の相性は抜群《ばつぐん》にいいってことだ。恥ずかしがってないで素直に感じればいいんだ」

彼の淫靡《いんび》な誘惑が耳へ流れ込んで、思考を侵食する。

「や……んっ、そんなっ……あ………」

ぐちゅり、と卑猥《ひわい》な水音がして、彼のものが浅いところまで引かれる。と同時に、私の中が彼の楔《くさび》を求めて蠢《うごめ》いた。初めての感覚に戸惑う私を見て、彼は嬉しそうに唇をつり上げる。

「俺を誘うようにひくひくしてる。可愛《かわい》いな」

「はぁ……んっ……ん、あ、あぁ……！」

彼の楔《くさび》がふたたび奥へ進む。ゆっくりとした動きなのに、眩暈《めまい》がするくらい気持ちがいい。

「もっと俺を感じろよ。余計なことなんて考えるな」

「あ……あああああっ」

彼の動きはどんどん速くなっていく。速まれば速まるほど快感も加速していき、少しだけ残っていた理性すら吹き飛ばされる寸前だ。自分がどうにかなってしまいそうで怖くて、必死で彼にしがみついた。

「可愛《かわい》い……俺の、桃子」

「んっ……いわ、お……さっ……」

名前を呼ばれるだけで心が満たされる。私も彼の名を呼び返したいのに、途切れた音しか出せないのが悔《くや》しい。

「あ、あ、ああっ……！」

激しい抽送《ちゅうそう》が繰り返されるうちに、また荒々しい熱が体の奥からせり上がってきた。

「あ……んっ！　だ、だめぇ……また、きちゃう……っ」

「ダメじゃない。我慢しないでイくといい」

「っ……あ、あ、あああぁっ！」

彼の動きが一段と激しくなり、繋がっている場所からじゅぶじゅぶと大きな音が聞こえる。でも、それを恥ずかしく思うような余裕はもうない。彼から与えられる快感に酔い、必死に受け入れることしかできなかった。

「あ、や……はぁ、んッ！　も、ほんと、に……」

「……くっ……俺も、もう……」

かすむ視界の先に、額《ひたい》から汗を滴《したた》らせる厳さんが見えた。今まで見たことないくらい余裕のない表情。そうさせているのが自分だと思うと、隘路《あいろ》の奥の疼《うず》きが一段とひどくなった。

「……ッ！」

彼が小さく呻《うめ》いた。

「……はっ……締め付け過ぎだ、桃子。危《あや》うく持っていかれるところだった」

厳さんが苦笑いしながら淫靡《いんび》にささやく。

私もなにか答えたいけれど、突き上げられる激しさは変わらず、返事をするどころじゃない。

「ひぁっ……んっ！　あ、も……あっ……あ……ぁあ、ん……！」

汗ばんだ肌同士が擦《こす》れて、さらに情欲を煽《あお》る。

彼の楔《くさび》に掻き出された蜜《みつ》は、お尻のほうへ伝い落ちる。

鋭敏《えいびん》になった体は、それらのちょっとしたことにも強烈な快感を覚えてしまう。

「やっ……やあああぁん！」

勝手に腰が跳ね、背が弓なりに反った。彼を呑み込んだところが激しい収縮を繰り返して、まるで彼を逃がさないと言っているみたいだ。

さっきとは違って、絶頂が長く続く。

「んっ！　ああああああっ」

「くっ……俺も、もう……」

うねる私の奥で、彼のものがどくり、と動いた。最奥に白濁《はくだく》を注《そそ》がれる快感に肌が粟立《あわだ》つ。

「っ……あああああ……！」

私は彼を受け止めた喜びのさめないうちに、さらに絶頂を迎えたらしい。甘い戦慄《せんりつ》に体が震え、彼を呑み込んだままのそこがヒクヒクと蠢《うごめ》いた。

◆　❖　◆

嵐のような行為のあと、私たちは穏やかな気持ちで抱き合っていた。

荒かった呼吸は徐々に整い、汗はもう引き始めている。

肌と肌が直接触れ合う心地よさに酔いしれながら、私はトロトロとまどろんでいた。

「桃子さん。そのまま寝ては風邪《かぜ》をひきますよ」

耳の間近でささやかれた声で意識が現実に引き戻される。

「風呂に入る気力は……なさそうですね」

「ん……厳さ、ん？」

なにか違和感があった。なんだろう？　と考える私の耳に、彼の声が流れ込む。

「とりあえず、ここにさっきまで着ていた服があります。……ああ、でも下は使い物にならないな……上だけなら着られますが……この服だと肩がむき出しで寒いでしょう。ガウンを羽織《はお》りますか？　それともいつものパジャマにしますか？」

「あー……敬語……」

違和感の正体に気が付いて、つい口にしていた。エッチの最中は取れていたはずの敬語が、また戻っている。ついでに名前の呼び方もさん付けに戻っていた。この分だと、自分のことを「俺」と言っていたのも「私」に戻ってしまっているのだろう。

「敬語？　なんのことです？」

どうやら彼は無自覚だったらしい。

「せっかく敬語じゃなくなったと思ったのに」

しかし彼は、ますます訳がわからないと首をひねる。そこで詳細に話したところ――

「ああ、そう言えばそうだったような気がしますね」

と曖昧《あいまい》な返事が戻ってきた。

そっか、無意識だったのか。敬語に戻ってしまったのはちょっと残念な気もするけど……。でも、ああいうときだけタメ口っていうのもなんだかいい！

私がそんなことを考えていると、彼はなぜか顔を急に引き締め、真剣な面持《おもも》ちで口を開いた。

「もしかして……怖がらせてしまったのでは？　もしそうでしたら……」

「違います！　怖いだなんて全然。逆に嬉しかったですよ！　だって巌さん、私にだけ敬語を使うんですもん」

「そうですか？　――言われてみれば確かにそうかもしれませんね。でも、これは私にとって貴女が特別というか、大事にしたい存在だからです。だから敬語になるんだと思われます」

特別。大事にしたい存在。さらりとすごいことを言われて、頬がかっと熱くなった。

「でも、貴女が嫌だと言うのなら直しますから……」

「あっ！　いえ、あの！　無理はしないでください。嫌じゃないです。私が勘違いしてただけみたいなんで！　……あの、怒らないで聞いてくださいね？　巌さんが敬語で話すのは、私と距離を置きたいからかな、なんて思ったりしてたんです」

「距離を置く!?　どこからそんな発想が！　……あ、いや、これは私の落ち度ですね。声を荒らげてすみません。私はこういう外見でしょう？　だから人に怖がられることが多くて。少しでも人当たりがよくなるように、なるべく丁寧な言葉遣いをするように心がけてきたんです。敬語を使わないで喋《しゃべ》れるのは家族と、あとは学生時代の友人ぐらいですね。でもそれが貴女を不安にさせていたなんて……」

ぎゅっと抱きしめられた。

「私のほうこそ、勝手なことを考えててごめんなさい。実は私、伊月さんにまで嫉妬《しっと》しちゃってたんですよ……恥ずかしい！」

「伊月に!?　なんでまたそんな」

「だって、厳さんと伊月さんはすっごく仲良しで、なんと言いますか、こう……私なんかが入っちゃいけない神聖な雰囲気が」

あ、腐《ふ》的な意味で神聖って言ったんじゃないよ！　ただ単に、信頼し合っているんだなって羨《うらや》ましく思っただけ！　あ、でもやっぱ、ヨコシマな感じもいいかも……なんてダメダメダメ！　やっぱダメ！　厳さんは私の旦那さまなんだからっ！

「そんな雰囲気、ヤツと私にはありません！　……じゃなくて。ヤツと俺にはそんな雰囲気なんてないから！　俺にとっての優先順位は一番が君で、ヤツは最下位に近いところだから！」

無理に敬語を使わないで話そうとしてくれる彼が可愛《かわい》い。

思わず私から、彼にぎゅっと抱き着いた。

「お友だちは大切にしてください。それと口調、無理に直さなくていいです。なんで敬語なのか、その理由を聞いたら嬉しくて。私なんかをそんなふうに大事に思ってくださってありがとうございます。――大好き」

「私も――大好きですよ」

ふたたび彼にギュッと抱きしめられる。

ぴったりと肌を合わせる心地よさと、彼の腕の温かさをかみしめながら、また緩《ゆる》やかにまどろんだ。

色々失敗もあったけれど、旦那さま誘惑作戦は厳さんのおかげでなんとか功《こう》を奏《そう》して、身も心も夫婦になれました！

――この一件以来、可愛《かわい》いランジェリーやナイトウェアに興味を持った厳さんが、あれこれとプレゼントしてくれるようになった。

そういう服を着た翌日は、腰が砕けて早起きができなくなったりするけれど、それはそれで幸せいっぱいなので、なんの問題もナシ、なのです。

第二話　運命は見合いの席に座ってる？　――夫の回想

玄関のドアを開けた途端、美味《うま》そうな匂いが鼻をくすぐる。桃子さんが夕食の仕度《したく》をしてくれているのだろう。

「ただいま帰りました」

俺、久瀬巌が家の奥に声をかけ靴を脱いでいると、パタパタと慌《あわ》てた足音が近付いてきた。そんなに急がなくていいのに。そう思うが、急いでくれる気持ちが嬉しくて、頬が緩《ゆる》んでしまう。

「お帰りなさい！」

ふんわりとした優しい笑顔を向けられて、一日の疲れが吹き飛んだ。

恒例のお帰りなさいのキスを受けるために少し身をかがめると、彼女は嬉しそうにぱっと顔を輝かせる。

ああ、俺の奥さんは世界一可愛《かわい》いな。真面目《まじめ》にそう思うんだから仕方ない。

頬に触れるだけのあどけないキスは嬉しいのだが、すぐにそれ以上のことをしたくなるので厄介《やっかい》だ。彼女を襲いたい衝動《しょうどう》を堪《こら》えるのは、なかなか辛いことなのだ。それもこれも桃子さんが可愛《かわい》いのが悪い。

――帰宅して、ものの数分。俺は何回彼女のことを『可愛《かわい》い』と思っただろう？　と内心で苦笑する。我ながら彼女に参り過ぎだと思うが、誰にも迷惑をかけていないのだからいいかと開き直った。

「今日も一日お疲れさまでした。もうすぐご飯ができますから、その前に着替えてきてくださいね」

「わかりました。――随分《ずいぶん》いい匂いがしますが、今日の晩飯はなんです？」

「鮭《さけ》のムニエルですよ」

ムニエルか。美味《うま》そうだな。途端に腹が強い空腹を訴え始めた。

「楽しみですね。じゃあ、急いで着替えてきます」

彼女を見ているとどうしてもちょっかいを出したくなってしまうので、急いでその場を離れることにした。

着替えて戻ってみたところ、ダイニングテーブルにはすでに鮭《さけ》のムニエルやサラダの載った皿などが所狭しと並んでいる。

彼女だってフルタイムで働いているのに、帰ってきてからこんなに手の込んだ料理を作ってくれたのかと思うと、愛おしさが込み上げてくる。

「桃子さん、なにか手伝うことはありますか？」

「すぐ終わりますから、厳さんは座っていてください」

彼女ひとりを働かせて自分だけ座っているなんて無理だ。言われた言葉を無視してキッチンへ入ると、彼女はちょうど味噌汁をよそっていた。

「これ、もう運んでいいですか？」

「私ひとりで大丈夫ですから、リビングで休んでいてくだ……」

「疲れているのは桃子さんも同じでしょう？　私だけ休んでいるなんてできませんよ」

「厳さん……」

彼女の困ったような喜んでいるような表情が微笑ましい。

「二人でやったほうが早く食べられますよ」

そう諭《さと》すと、彼女は頬を桃色に染めてこくりと頷《うなず》いた。

二人分の味噌汁をまとめてテーブルに運んでキッチンに戻る。すると彼女は洗い物をしていた。どうやらフライパンを洗っているようだ。

エプロンをつけたうしろ姿がやけにそそる。

ふんわりとしたスカートから伸びた足は細く形がいい。本人はコンプレックスに思っているらしいが、丸い尻は可愛《かわい》らしく、つい触りたくなる。そこがどれだけ触り心地がよいか知っているだけに、なおさら欲求が募《つの》る。

彼女に気付かれないように、小さく嘆息《たんそく》した。

さすがに『夕食より君を食べたい』なんて言ったら叱《しか》られるよな。

それに、せっかく作ってくれた飯が冷めるのももったいない。

仕方ない。とりあえずはこれで我慢するとしよう。

俺はシンクに向かっている彼女の背後に立ち、その細い腰に腕を回した。首筋に顔を埋めると、ふわりといい匂いがする。

「きゃ！　巌さんっ!?」

彼女は俺の腕にすっぽりと入ってしまう小さな体を強張《こわば》らせ、咎《とが》めるような口調で俺の名前を呼んだ。

「んんっ！」

それには答えず、白いうなじに触れるだけのキスを落とした。彼女がぴくりと体を跳ねさせる。

甘い声が彼女の口からこぼれる。堪《こら》えようとしたのに、堪《こら》えきれなかった……そんな声。彼女にそんな声を出させているのが自分だと思うと、高揚《こうよう》する。

「い……わお、さんっ」

「なんですか？」

耳元でささやくと、彼女はまたビクッと反応する。うなじや耳への刺激に弱いことは知っている。

「手をっ……手を離して、くださいっ！　ダメです。ご、ご、ご飯の用意っ」

「ええ、そうですね。せっかく作っていただいたご飯が冷めてしまうのはもったいない」

「で、で、ですからっ」

彼女はうなじをほんのり桃色に染めながら、俺の腕の中で恥ずかしそうにもぞもぞと動く。それがどれだけ俺の情欲を誘うか、本人はまったく気付いていない。

「だから、これだけで我慢します」

今は、ね。

彼女の顎《あご》に指を添えてこちらを向かせ、逃げられないように固定する。

そして薄く開いた彼女の唇に、自分のそれを重ねた。

「んーっ!?」

驚愕《きょうがく》の声まで甘い。

このまま、彼女の唇の柔らかさを堪能《たんのう》し尽くしたいが、不自然な体勢では彼女も辛いだろう。もっと深くむさぼりたい衝動《しょうどう》を抑《おさ》えて早々に唇を離した。

彼女は、はぁ、と艶《つや》めいたため息をひとつこぼした。

決して深くはないけれど、かと言って軽くもないキスに、彼女の顔は真っ赤だ。このくらいはいつものことなのに、いまだに初々《ういうい》しい。

「相変わらず可愛《かわい》い反応をしますね」

「からかわないでください！　もう！」

拗《す》ねてそっぽを向く姿も、毛を逆立《さかだ》てた子猫のようで可愛《かわい》い。

「すみません」

「ダメだって言ったのに」

「どうしても我慢できなくて」

そう答えると彼女はぷっと頬を膨《ふく》らませた。一見、怒っているような表情だが、しかし眉尻《まゆじり》は困ったように下がっている。

「厳さんはズルいです。そんなふうに言われたら怒れないじゃないですか」

「じゃあ、もう怒ってない？」

そう聞くと、唇を尖《とが》らせつつも、彼女はこくりと頷《うなず》いた。

ああ、困った。もっと困らせてみたいという欲求が止まらない。

「厳さん、そろそろ手を離してください」

言われて初めて気付いたのだが、俺はまだ彼女の腰を抱いたままだった。

「申し訳ない。離れがたくてね」

「もう！　冗談は終わりです。ご飯、食べましょう？」

濡れた手をぬぐうと、彼女は俺の腕をすり抜けてキッチンを出た。

冗談なんかじゃないんだけどな。いつだって俺は本気で言っているのに。彼女の素っ気ないうしろ姿に向かって心の中で呟《つぶや》いた。

「あ、そうだ。厳さん、ビール呑みます？」

彼女が戻ってきて、廊下からひょっこり顔をのぞかせた。

「いや、今日はやめておきます。少し仕事を持ち帰ったので」

「そうだったんですか。お仕事、大変ですね」

寂しそうに肩を落とす彼女の姿に、胸がちくりと痛んだ。

仕事なんて放り出して、彼女とずっと……いや、それはダメだ。そんなことをしたらきっと彼女は悲しむ。なにしろ、驚くぐらい生真面目《きまじめ》なのだから。

怒った顔は見てみたいと思うが、悲しい顔は絶対にさせたくない。たとえそれがどんなに些細《ささい》なことでも。

我ながら呆《あき》れるくらい好きでたまらない。抑《おさ》えようとするほど湧《わ》き上がってくる愛《いと》しさはひどく厄介《やっかい》だ。

彼女と出会ってから約一年。いつの間にか俺の中に住み着いた彼女への恋心は、いまだに大きくなり続けている。

出会いは見合いの席。しかも断り切れずに渋々向かった席だったというのに。

まさかこんなに夢中になるなんて、あの頃は夢にも思っていなかった。

◆ ❖ ◆

「厳、見合いしてみないか？」

唐突《とうとつ》な父の一言に、俺は思いきり顔をしかめた。

大きな案件が片付いて、久々にのんびりできると思っていた昼休み。

食事に出ようと事務所の席を立とうとした矢先、アシスタントの子に、至急の呼び出しだと告げられて父の個室を訪ねてみれば……開口一番に見合い話を持ち出すとは。

「性質《たち》の悪い冗談はやめてください」

寝ぼけているのか？　という顔でため息をつくと、父は大仰《おおぎょう》に肩をすくめた。まるで拗《す》ねる子どもにするような態度で、少し腹が立つ。

「それに今は仕事中です。そういうプライベートな話はあとにしてください」

話は終わりとばかりに踵《きびす》を返した。

「そう短気を起こすな」

背後から声をかけられて足を止める。

「あとにしろなんて言うが、仕事が終わり次第さっさと逃げるつもりだろう？　そういうところは子どもの頃から変わらないな」

「息子が逃げ出すような話を、楽しげに持ちかけてくる父親には言われたくないですね」

そう悪態をついてみたものの、図星《ずぼし》だったのできまりが悪い。もうすぐ三十五になろうというのに子ども扱いされるのは癪《しゃく》だったので、とりあえず話だけは聞いてみようと思い直した。

「で？　どうしたんですか、急に見合いだなんて言いだして」

五年ほど前までは、まるで雨後《うご》の竹の子のように次から次へと舞い込んだ見合い話も、この頃はぴたりとなくなっていた。

あれこれと話を持ち込んできた親戚連中やご近所さんが、この歳になっても身を固めない俺のことを独身主義なのだろうと諦《あきら》めてくれたのか、ようやく静かになってせいせいしている。

だというのに、また見合いか。できることなら貴重な休日をそんなもので潰《つぶ》したくない。

独身主義というわけではない。かと言って、結婚を焦《あせ》っているわけでもない。この人だと思える女性と出会えたらそのときは結婚するだろうけれど、無理してまでする必要は感じないのだ。

そんなふうに鷹揚《おうよう》にかまえていたら、あっという間に三十四になっていたわけだが。

苛立《いらだ》ちが顔に出ていたのか、父は苦笑いしている。

「見合いをそう毛嫌いしなくてもいいだろうに。出会いなんてどこに転がっているかわからないんだから」

表情の変化に乏《とぼ》しいと言われ続けてきたが、家族だけは例外らしく父も母も、そして姉も、俺の微妙な変化に気付く。それはありがたいようで、なかなか面倒なものでもある。特に、こういうときは。

「見合いなんていう、他人にセッティングされた席で、父さんや母さんの言うような『運命の人』に会える確率なんて低いですよ」

「でもゼロではないだろう？」

人のよさそうな微笑を浮かべて言われると、意固地《いこじ》になって反論するのが馬鹿らしくなってくる。一緒に仕事をしていて、父の柔和《にゅうわ》な微笑はある種の武器だとわかっているつもりが、つい術中《じゅっちゅう》にはまりそうになる。

「今回はどなたからいただいた話なんですか？」

「ああ、ソーマの相馬《そうま》会長だよ」

「ソーマというと、あのソーマホールディングスの？」

ソーマホールディングスは玩具《がんぐ》メーカーだ。従来の玩具《がんぐ》の製造に加え、最近はゲームソフトの開発やデジタルコンテンツの開発に積極的に取り組んでいる。その一方で遊園地やリゾートホテルの運営も行《おこな》う多角経営企業だ。

父が言った相馬会長はその会社の創業者で、一玩具《いちがんぐ》メーカーだった相馬玩具《がんぐ》を一代でここまでの大企業に成長させた方だ。

相馬会長と父は、一《いち》メーカーの社長と新米弁護士だった頃からの付き合いだ。ソーマの顧問《こもん》弁護士はずっと父が務めているが、俺もたまに父のアシスタントとして同席することがあった。だから、相馬会長とも面識がある。

相馬会長の口利《くちき》きでは父もおいそれとは断れないだろうな、と思うと、俺も苦笑いせざるを得ない。

会長の人を見る目は確かだ。

あの方のお眼鏡《めがね》にかなった女性というのは、どういう方なんだろう？　と興味が湧《わ》いた。

「わかりました。日時が決まったら連絡をください」

用は済んだのだから、長居は無用。さっさと昼食をとりに出かけたい。

「それだけ!?」

「他になにを言えと？」

嫌味でもなんでもなく、素でわからなかったから尋ねたのに、父はため息をつきながら首を横に振った。

「いや、ほら、例えば……。相手の女性の歳はいくつかとか、どこのお嬢さんなのかとか、写真はないのかとか、色々あるだろう？」

正直なところ、ない。

どうせ今までの見合い同様、先方から断られるに決まっている。

自分の容姿《ようし》を不満に思ったことはないけれど、どうやら女性にとって俺の顔はだいぶ恐ろしいらしい。怯《おび》える女性相手に話が弾むわけもなく、また彼女たちにいい印象を持ってもらいたいという情熱も持てず、結局先方から断りの返事をもらうことが多かった。

たまにこちらから断ることもあったが、そういう場合は見合い相手が、俺自身より職業や年収に惹《ひ》かれているのが丸わかりだったからだ。夫を金を運んでくる鳥かなにかだと思っているような女性と結婚する気は毛頭《もうとう》ない。

「では、そうですね。相手の方の歳は？」

面倒くさくなって、父が口にした質問のひとつを適当に言ってみた。

「二十五歳だそうだ。相馬さんと付き合いのある会計士さんのお嬢さんだとか」

「はいっ⁉」

一瞬、聞き違いかと思った。

「二十五って……九つも下じゃないですか」

だいたいその歳で見合いっていうのは、まだ早いんじゃないのか？　若い子の考えることはよくわからないが、自分が二十五だった頃は結婚なんて頭の片隅にすらなかったぞ？　男と女はライフサイクルが違うと言われてしまえば、それまでだが。

「世の中にはそのくらいの歳の差の夫婦はごまんといるぞ」

そういう意味じゃないんだが……。しかし反論したら話はさらに長くなりそうだ。

「……そうですね。じゃあ、そういうことで」

我ながらひどい棒読みだったが、父は片眉《かたまゆ》を上げただけでなにも言わなかった。

時計を見ると、もうすぐ十三時になろうとしている。

「話は終わりでよろしいですか？　そろそろ自分のデスクに戻ります。では」

「ん？　ああ、もうそんな時間か。時間を取らせて悪かったね」

「いえ。では失礼します」

結局、昼休みはほとんど終わろうとしていた。まぁ、昼食はなんとかとれそうだからそれでよしとしよう。


見合いはそれから二週間後だった。

老舗《しにせ》ホテルのティーラウンジに、午後二時。

初対面で食事の席では話が弾まないだろうという相馬会長夫妻のご配慮《はいりょ》で、今日はラウンジでお茶を飲む程度となった。

正直に言うと、その配慮《はいりょ》は有《あ》り難《がた》い。

両親とともにここへ来た俺は、先に到着していた相馬夫妻と合流して、相手方を待つ。

父は会長と、母は会長夫人と、それぞれ話を弾ませている。

ラウンジの一番奥、窓際の席は静かで居心地がよく、そしてなにより店内をぐるりと見渡せるのがいい。それほど混雑しておらず、ぽつりぽつりと空席が見える。

商談をしているらしいスーツ姿の男性たち、のんびりと昼下がりのお茶を満喫《まんきつ》しているらしいご婦人方、そして我々のように見合いをしているような人たちもいる。緊張している男女をにこやかな笑顔で取り持っているのは世話人だろうか。

そのとき、ふとなにかを感じた。その『なにか』の正体を探してラウンジ内にざっと視線を走らせる。

このとき感じたものは、本当に『なにか』としか表現できないものだった。強《し》いて言葉にするなら——予感。そうだ、予感に近い。

その感覚が導く先には、ご夫婦らしき二人に付き添われた、二十代なかばほどの女性がいる。彼女はこちらへ向かって歩いてくる。

迷いのない足取りから、今日の見合い相手だというのはすぐに察しがついた。

相馬夫妻が立ち上がり、俺たちも続いて立ち上がる。

「佐久間さん！　本日はお暑い中、ありがとうございます」

相馬会長が深々と頭を下げ、俺たちもそれに倣《なら》う。

「いえ、こちらこそ遅くなりまして……」

生真面目《きまじめ》そうな笑みを浮かべた男性が頭を下げ、女性二人も丁寧にお辞儀《じぎ》する。

それから真正面に座った彼女は落ち着いた挙措《きょそ》におっとりとした雰囲気で、大切に育てられたお嬢さんだと一目でわかる。爽《さわ》やかな淡い空色のワンピースがよく似合う。肩より少し下の長さの髪はサイドをうしろでまとめ、女性らしい柔らかい印象だ。

先に渡されていた釣書《つりがき》によれば、佐久間桃子さんと言うらしい。

彼女は俺と目が合うと、小さく微笑んだ。その笑みは自然で、無理をしている様子はない。

初対面の、しかも若い女性からまさかそんな反応が返ってくるとは思っていなかった俺は少し驚いた。しかし、すぐに我に返って目礼する。

今のは不愛想《ぶあいそう》に見えてしまっただろうか？　それとも怖く見えただろうか？　そんなことを考えてしまう自分に戸惑った。

少しでも相手にいい印象を与えたい、なんてことを見合いの席で思ったのは初めてだ。

世話人である会長の主導でお互いの簡単な自己紹介が終わると、会長はにこやかに笑いながら口を開いた。

「桃子さん、こちらの厳くんはね、真面目《まじめ》で、とても誠実なんだよ。ご両親が共同経営する法律事務所で活躍《かつやく》している弁護士でね。優秀過ぎてヘッドハンティングしたがる企業や事務所があとを絶たないそうだ」

「いや、それは……」

さすがに褒《ほ》め過ぎだろうと、口をはさもうとした。

「なぁに、謙遜《けんそん》する必要はないよ、厳くん。私のところにも君の噂は色々と届いている。安心してくれ。君の悪い噂はまったく入ってこないからな！　強《し》いて言えば、真面目《まじめ》過ぎるってことぐらいか」

「あ、な、た！」

「いてっ！」

豪快《ごうかい》に笑う会長の脇腹に、夫人の肘鉄《ひじてつ》が入ったのが見えてしまった。

今のは見なかったふりをしたほうがいいだろうか……？　呆気《あっけ》にとられていると、夫人はほほほ、と上品に笑った。

「あら、失礼。あなたってば、お気に入りの二人を会わせられて嬉しいのはわかるんですけれど、ちょっとはしゃぎ過ぎですわ。――巌さん、桃子さん、主人が変なことを言ってごめんなさいね」

「いえ」

他に答えようもないので、短い返事とともに頭を下げた。

真正面に座る桃子さんを盗み見ると、彼女は小さく、くすくすと笑っている。我慢しようと思ったのについ漏《も》れてしまった……そんな笑いだった。

飾らない笑顔に好感を覚える。

「あ……。笑ったりしてごめんなさい」

俺の視線に気付いた彼女は、顔を赤くした。

「おじさまとおばさまが、あまりにもいつも通りなもので、つい……」

恥ずかしがっているようで、彼女の言葉はどんどん小さくなっていく。

「あら。そんなに恥ずかしがらなくてもいいのに」

相馬夫人の言葉に会長もそうだ、そうだ、と頷《うなず》いた。

「しかし、まぁ、そうして恥じらう姿も初々《ういうい》しくてよろしい」

「おじさま！」

「すまん、すまん！　でも、桃子さんが初々《ういうい》しくて可愛《かわい》らしいのは本当のことだ。──君もそう思うだろう、厳くん？」

いきなり話を振られて驚いた。どう答えようかと逡巡《しゅんじゅん》している間に──

「もう！　おじさまったら！」

と、桃子さんが焦《あせ》ったように声を上げた。

だが、大きな声を出したことが恥ずかしくなったらしく、「ごめんなさい」と顔を赤くして俯《うつむ》いてしまった。

俺はフォローする言葉が咄嗟《とっさ》には思い浮かばず「いや、そんな……」と中身のないことを口にする。

「厳くん、どうしたんだね？　そんな曖昧《あいまい》な返事は君らしくないな！　──桃子さん。普段の彼はね、この私でも気圧《けお》されるくらい切れ者なんだよ」

「相馬会長！」

今度は俺が会長を遮《さえぎ》る番だった。そんなふうに手放しで褒《ほ》められるのは照れ臭い。

「謙遜《けんそん》しなくてもいいじゃないか」

と会長はニヤリと笑む。

「久瀬さんはすごい方なんですね」

「いや、それほどのことは……」

感心したように言う桃子さんに、しどろもどろで返事をする。それ以上はなんと言っていいのかわからず、気まずい沈黙が流れた。

なのに、原因を作った相馬会長は愉快《ゆかい》そうに笑っている。

「いや、失敬、失敬。いつも余裕綽々《よゆうしゃくしゃく》な態度を崩さない巌くんが、ずいぶんと可愛《かわい》らしい反応をするものだから、つい調子に乗ってしまったよ」

「相馬会長……」

三十なかばの男を捕まえて可愛《かわい》いとは。言われた側としてはなんとも複雑な心境だ。

しかし、会長から見たら、俺なんてひよっこもいいところだろう。可愛《かわい》いと思われても仕方ない……のだろうか、やっぱり。だとしても、今、彼女の前で言わないでほしい。

がっくりと肩を落としそうになるのをどうにか我慢して平気なふりをする。

隣に座る両親も、声は殺しているが肩を震わせて笑っている。

まったく立つ瀬がない！

唯一の救いは、桃子さんに気を悪くした様子がないことか。

「さて。じゃあそろそろ我々はお暇《いとま》しようかね。ああ、えっと、こういうときはなんて言うんだっけ？　ほら、決まり文句みたいなのがあるだろう？」

「あとは若い人同士で……じゃなかった？」

「ああ、それだ、それ。じゃあ、そういうことで。あとは二人で適当にやってくれ」

相馬夫妻はそんな呑気《のんき》なやりとりの末、さっさと席を立ってしまった。お互いの両親もあとに続いている。

こんなに早く退席!?

普通の見合いなら小一時間は世話人や親同伴で話すところだろう？

とはいえ、そういうときに出てくるのはすでに釣書《つりがき》を読んで知っている事柄をなぞるような質問と答えばかりだ。意味がないとは言わないが、それほど実《み》のある時間ではない。

不必要と思われるものは躊躇《ちゅうちょ》なくカットする。相馬会長らしいと言えばらしい。

そうは思うが……とにかく初対面、しかも会って間もないうちに放り出されたわけだ。

気詰まりに感じはしたが、それはきっとお互い様だろう。彼女だって……いや彼女のほうがより困惑しているかもしれない。世話になっている人から持ち込まれた見合いを承諾《しょうだく》したら、九つも年上のオジサンだったわけだ。しかも相手はお世辞《せじ》にも愛想《あいそ》がいいとは言えないし、人相《にんそう》だって悪いこの俺。

そう考えるとどうも彼女に申し訳ないような気がしてくる。

今日だけの付き合いであったとしても、せめて不快ではないときを過ごしてもらいたい。そしてできれば俺についても悪くない印象を持ってもらえたらいいと思う。

そんなことを考えてしまう自分が不可解ではあるが。

「桃子さん」

なるべく、柔らかく聞こえるように気を付けて名前を呼んだ。

「はっ、はい！」

返ってきたのは裏返った声。

怯《おび》えさせてしまったかと不安になった。だが、彼女にその様子はなかった。

「すみません！　緊張しちゃって」

申し訳なさそうに肩をすくめ、頬を赤く染めて狼狽《うろた》えている。

そんな彼女が微笑ましく、俺は知らず頬を緩《ゆる》めた。

「そんなに硬くならないでください。私も緊張しているのでお互い様です」

彼女は「え？」と意外そうな声を上げた。

「まさか！　そんなふうには見えません。堂々としてらっしゃって……」

「はったりは得意なんです」

実際は感情が顔に出にくいだけなんだが。まぁ、そう言うよりはこっちのほうが冗談っぽく聞こえて、彼女も気が楽だろう。

「あ、久瀬さんは弁護士さんですものね！」

彼女は得心《とくしん》がいったというふうに何度も頷《うなず》いた。

いや、そういうわけでもないのだが……

しかし、彼女の納得は当たらずとも遠からずといったところだ。

なんでも感情を顔に出す弁護士なんてクライアントからしてみたら不安でしかない。

予期せぬアクシデントに見舞われたとしても、クライアントの前では極力平静《へいせい》を装うことは確かにある。

彼女の言葉を否定するわけにもいかなくて、曖昧《あいまい》な返事でお茶を濁《にご》した。

「桃子さん」

再度名前を呼ぶと、彼女は「はい」と短く返事をしてくれた。

少し会話をしたことで余分な力が抜けたのか、今度は声が裏返っていなかった。

「今度はちゃんとお返事できました！」

彼女は先ほどのことを気に病《や》んでいたのか、ホッとしたような表情をしたあと、嬉しそうに微笑んだ。

ほんの些細《ささい》なことにも、こんなに嬉しそうな顔をするのか……と驚いた。

そんな彼女を、俺は好ましいと思った。

変に気取ることも、こちらの機嫌をうかがうようなこともない。打算のない笑顔を向けてくれる。

そして俺の外見に怯《おび》えず、身構えもしないでいてくれる自然な態度が嬉しかった。

彼女にあるのは、ただ初対面の人間と二人きりだという状況での緊張だけのように思える。

――今にして思えば、俺が彼女に恋をし始めたのは、きっとこの瞬間からだ……

「桃子さん、場所を変えませんか？」

先ほどから気になっていたのだ。

元々は八人で座っていた席に、今や二人。いつまでも広いテーブルを陣取《じんど》っていては店も困るだろうし、もし外で空席を待っている客がいたら、そちらにも申し訳ない。

桃子さんはしまったと言いたげな顔になり、片手で口元を覆《おお》った。

「あ！　そ、そうですね。気付かなくてごめんなさい」

「席を変えてもらいましょうか？　それともどこか別の場所へ？」

慌《あわ》てて席を立とうとする彼女にわざとのんびりした口調で声をかけたところ、彼女も落ち着きを取り戻した。

「できれば違うお店がいいです。あの、久瀬さんは？」

「私も他へ移りたいですね」

なんとなく、このままここに居続けるより、違う場所でもう少しゆっくり話をしてみたかった。人に指定された場所ではなく、彼女がどんな場所を好むのか、どんな店を選ぶのか知りたい。そんな思惑もあった。

「映画やドラマでのお見合いシーンを見ていると仲人《なこうど》さんたちが帰ったあとは庭園を散歩するのがお決まりのパターンですよね。――あ、私、お見合いするのは初めてなので、そういうイメージしかないんです」

と桃子さんは肩をすくめて笑う。

「でも、今日は散歩するには少し暑いですね」

見合い経験の話題はあえてはずして返事をした。なぜなら俺がうんざりするほど見合いをこなしてきたことを悟《さと》られたくなかったから。

彼女はそんな俺の思惑に気付くことなく、このあとの行き先について思案している。

「そうですよねぇ。暑いのは嫌だなぁ。近場で、どこか落ち着いてお話ができる場所……」

彼女は、うーんと小さく唸《うな》って考え込んでいた。

洒落《しゃれ》たカフェなんてものには縁《えん》がない俺には、薦《すす》められる店もない。いや、仕事でよく使う喫茶店やレストランはあるが、残念ながらすべてここから遠い。

車で来ているから行けないことはないが、彼女は初対面の男の車に二人きりで乗るなんて当然警戒するだろう。とはいえ彼女にばかり行き先を思案してもらうのは申し訳ない。近くになにかなかったかと記憶を探る。ここから歩いて数分で、女性が好みそうな洒落《しゃれ》た店は……？

ああ、そう言えば。

昨日、俺が見合いをすると知った伊月がなにか言ってなかったか？

確か……

『あのあたりに有名なカフェレストランの支店がオープンしたんだってよ。なんでも関西ではかなり有名な店で、その二号店だと。この前行ったヤツが絶賛してたよ。居心地いいし、肝心《かんじん》の料理やスイーツも美味《うま》かったらしいぜ。もし明日、見合い相手と話が弾んだら寄ってみたらどうだ？』

そんなことを言っていた気がする。腹立たしい、にやにや笑いつきで。

——今から彼女と行くのに、うってつけなんじゃないか？　場所もなんとなくわかる。

しかし困ったことに、店の名前を思い出せない。こんなことになるなら、もっと真剣に聞いておけばよかった。

後悔したが今さらだ。話題になった店だというし、桃子さんなら知っているだろうか。

「同僚から聞いた話なのですが、この近くに雰囲気のいいカフェレストランが新しくできたらしいんです。関西では有名な店の二号店だとか。場所はだいたいわかるのですが、店名を失念してしまいました」

伊月は同僚なんて可愛《かわい》いもんではないが、他に適当な言葉が見つからないんだから仕方がない。悪友だの腐《くさ》れ縁《えん》だののほうがまだしっくりくるが、そんなふうに言う場面ではない。

「関西から進出？　あ！　わかった！　そのお店、このホテルの前の大通りを渡って、一本入った道沿いですよ」

やはり女性の間では有名な店のようだ。

「貴女もご存じだったのですか」

「行ったことはないんですけど、久瀬さんと同じで、友人から評判を聞いています」

「試しに行ってみましょうか」

「え⁉」

持ちかけると、彼女は驚いたように目を丸くした。

「どうしました？」

彼女は狼狽《うろた》えた様子で視線を彷徨《さまよ》わせている。

もしかして、その店には行きたくない理由でもあるのか？　問題があるなら別の店を選び直したほうがいいだろう。

「その店ではないほうがいいですか？」

「いえ、そういうわけではなくて」

重ねて尋ねると、彼女はテーブルクロスへと視線を落とした。まるで、言うべきかどうか迷っているような様子だ。

「あの、友人からの情報によれば……」

「よれば？」

「その……お値段があまり可愛《かわい》くない、と」

値段が可愛《かわい》くない？

——ああ、そうか。彼女は値段を気にしていたのか。

自問自答して納得している間に、彼女はなぜかひどく慌《あわ》てた顔で身を乗り出した。

「……あ！　おごっていただこうとかそういうことは思ってないです！　そうじゃなくて……すみません、変なことを言ってごめんなさい。あの、えっと、それに、もうひとつ気になることが……この時間ですし、きっと今はカフェメニューだと思うんです。もし久瀬さんが甘いものが苦手だったら、付き合っていただいちゃうのは申し訳ないなと。男性には甘いものが得意でない方も多いと聞きますので」

彼女は早口でまくし立てる。それから、はっとした様子で一旦《いったん》口をつぐみ、ふたたび話し出す。

「緊張して自分がなにを言ってるのかわからなくなってきちゃいました」

最初の勢いはだんだんしぼみ、恥ずかしげに体を小さくして俯《うつむ》いている。

「大丈夫ですよ。ちゃんと伝わっていますよ。私のことを気遣ってくださったんでしょう？　ありがとうございます」

「久瀬さん！」

そう言って彼女が、弾《はじ》かれたように顔を上げた。

驚くぐらい真剣な表情で、俺を真正面から見つめている。

「なんでしょうか、桃子さん」

やや気圧《けお》されつつ返事をした。

「あの、こんなこと言うのはすごく失礼かもしれませんが……もしよかったら、私におごらせてください！」

「え……？」

「ダメですか？」

正直なことを言えば、急になにを言いだすんだ？　と思った。

驚いたせいで即座に返事できずにいると、彼女はそれを拒否と受け取ったみたいだ。

「困ったな……」

心底困ったように呟《つぶや》くと眉尻《まゆじり》を下げた。

だが、すぐに気を取り直したらしく、視線を俺に戻した。

「あの、久瀬さん。実はそのお店、友人に話を聞いてからずっと気になっていたんです。行ってみたいと思うんですが、でも久瀬さんに付き合っていただくのも申し訳なくて……。私に出させてもらえないでしょうか……？」

思い詰めたような真剣な口ぶりに、俺は耐《た》えきれなくなって噴き出した。こんなに清々《すがすが》しく笑ったのは久しぶりだ。

「笑ったりして申し訳ない。いや、貴女があまりにも可愛《かわい》らしくて」

男におごられて当然。そう思う女性は少なくない。現に、俺が今まで会ってきた見合い相手たち、そして言い寄ってきた女たちはみんなそうだった。まぁ、女なんてそんなもんだろうと思っていたし、おごるのに不満を持ったこともなかったが……

俺の矜持《きょうじ》を傷つけないように注意を払いつつ、なんとか俺の負担を少なくしようとしたがる、そんな彼女の様子は新鮮に映った。

そして、その気遣いを嬉しいと感じた。

「かわっ!? なにを言い出すんですか、急に！」

「急ではありません。先ほどから思っていました」

彼女は顔をますます赤くして視線を彷徨《さまよ》わせる。そんなことを何度も繰り返している。なにか言いたげに口を開けては、結局言葉が見つからず、そのまま閉じてしまう。

彼女の狼狽《うろた》える姿を見た俺は、愉快《ゆかい》な気分になっていた。

一方で、俺はなぜそんなことを思っているのか、と呆《あき》れもした。これでは、気になる子に意地悪をする小学生の心理と変わらないじゃないか。

「さ、そろそろ出ましょう。行き先は今話していた店でいいですよね？」

疑問形で問いかけたが、返事を聞くつもりはない。彼女はきっと遠慮《えんりょ》して返事を迷うだろうから。

反論が飛んでくる前に席を立ち、彼女の席の隣に回り込む。

そして手を差し伸べたところ、彼女は目を白黒させて俺の手と顔を交互に見つめている。

「行きましょう」

「は、い……」

彼女はおずおずと俺の手を取った。

よくできました、の意味を込めて微笑みかけると、なぜか彼女は体を硬直させる。

その様子を見て、ようやく俺は自分が調子に乗り過ぎていたと気付いた。

彼女が俺を怖がらなかったからといって、好意を持ってくれているとは限らないのに。

馬鹿か、俺は。浮かれ過ぎだろう。

しかし、一度差し出した手を振りほどくのはさらに悪手《あくしゅ》だ。

さて、どうしたらいい？　悩む俺の耳に彼女の声が届いた。

「こういうの、少し気恥ずかしいですね」

驚いて彼女を見たところ、綿菓子のように柔らかく笑っている。

「桃子さん？」

「でも、嬉しいです！」

そう言われたときの心情は、表現しようのないもので……彼女のその一言で、俺は我ながら呆れるほど舞い上がった。

件《くだん》の店はすぐに見つけられた。

タイミングがよかったのか、そう待たされることもなく席に通される。

アンティークな雰囲気のシャンデリアがつるされた店内。柔らかいオレンジ色の明かりが、落ち着いた雰囲気の内装を品よく引き立てている。

イスやテーブルはチェリー材を使っているようで、赤みを帯《お》びた木肌《きはだ》はなめらかだ。まだ新しそうだが、時を経《へ》れば綺麗《きれい》な飴色《あめいろ》に変化するだろう。

桃子さんも気に入ったようで、注文したケーキがきたあとも目を細めながらあちこちを眺めている。

しかし、まだ先ほどのことを引きずっているらしく、申し訳なさそうに話を切り出そうとした。

「久瀬さん、やっぱり……」

「その話はもうなしです」

彼女は困った様子で視線をテーブルに落としてしまう。

「桃子さん。実のところ私は甘いものが嫌いじゃないんです」

まぁ、特別好きというわけでもないが。

「ですから、別に無理に付き合ってるわけじゃありません。それにこれはとても美味《おい》しい」

俺の前にはモンブランが置かれている。甘さは控えめで、その分、栗の香りが香ばしい。ただ甘いだけの菓子類は苦手だが、これは世辞《せじ》でもなんでもなく美味《うま》いと思う。

彼女の前にはアイスティーと、季節のフルーツがたっぷりと添えられたババロア。食べるたびに幸せそうに目を細めるのだから、そちらも申し分なく美味《うま》いのだろう。

「それに少しは私にも格好をつけさせてください」

「格好？」

「ええ、そうです。今日は相馬会長に持っていかれてばかりで、どうもきまりが悪い」

冗談めかして言ってみた。彼女の気が晴れればと思ってのことだったのに、返ってきたのは予想外の反応だった。

「そんなことないです。久瀬さんは格好よくて素敵です！」

驚いた。言われた内容もそうだが、なにより、こんなに真剣に返されるとは思ってもみなかった。

「桃子さん……？」

「どうして私なんかとお見合いしてくださったのか不思議です。だって、久瀬さんすごくモテるでしょう？　モテないわけないですよね。こんなに格好いいんですもの」

「いや、モテた記憶はありませんねぇ。むしろ怖がられてばかりで」

正直に答えたのに、彼女は信じていないらしく『みなまで言うな。それは嘘だと知っている』とでも言いたげな顔つきだ。

「それより桃子さん。貴女こそよかったんですか？　見合いの相手が私みたいなつまらないオジサンで」

「オジ!?　久瀬さんのどこがオジサンだと言うんですか！　あ、いや、オジサンが悪いわけじゃなくて、それはそれでオイシイのですが……じゃなくて！　つまらなくなんてないです！　さっきから変なことばっかり言っちゃってるのに、ずっと優しくフォローしてくださって。すごく嬉しいのに私ときたらさらに変なことを言っちゃうし……。私、慌《あわ》ててばっかりで少しも落ち着きがなくて恥ずかしいです。――呆《あき》れてらっしゃいますよね、きっと」

オジサンがオイシイ!? なんだそれは？ どういう意味だ？ 若い女性の言うことはわからん！

だが、今はそこに突っ込みを入れてる場合じゃない。浮かんだ疑問を無理矢理心の奥底に押し込めた。

「まさか！ その反対ですよ。ひたむきで、優しくて、可愛《かわい》らしくて、とても好感が持てる方だと、そう思っています」

意気消沈して肩を落とす彼女が可哀想《かわいそう》で、俺は即座に彼女の言葉を否定した。慌《あわ》てたせいで少し声が大きくなってしまったが、彼女が怯《おび》えていないようなので安堵《あんど》する。

俺が口にしたのは世辞《せじ》でも嘘でもない。紛《まぎ》れもなく本心だ。ほんの少しでもかまわないから、この気持ちが彼女に伝われればいい。そんな思いを込めて、彼女の目をじっとのぞき込んだ。

目が合ったのは一瞬で、彼女は弱々しく目を伏《ふ》せた。悲しんでいるようにも、戸惑っているようにも見える。

「私なんて、なんの取り柄《とりえ》もなくて……」

そこまで自分を貶《おとし》めなくてもいいのに。

「貴女は充分に魅力的ですよ。私は貴女のことが気になって仕方ないんです」

「え？ 冗談、ですよね？」

彼女は一瞬、ぽかんとした表情になり、それからよく熟した林檎《りんご》のように頬を染めた。口の端《はし》をひきつらせながら無理に笑おうとするが、どう見ても成功していない。

「冗談？　まさか！　私は本気です。――だから、もっと教えていただけませんか？　貴女のことを、私に」

「私のこと⁉」

「そう。貴女のことです。そんなに難しく考えないでください。貴女の好きなもの、好きなこと、日常のこと。ああ、そうだ。趣味は読書と映画鑑賞でしたよね？　どんなものを読んだり、観たりしているんですか？」

「どんなものを……ですか……」

急に彼女の顔が曇った。やや青ざめた顔で視線をあちこちに彷徨《さまよ》わせている。

しまった。特に趣味の思い当たらない人や、本当の趣味を隠したい人は、釣書《つりがき》に当たり障《さわ》りのない趣味として読書と映画鑑賞を書くことがある。

もしかしたら彼女もそうだったのかもしれない。質問の仕方を間違えたな、と思っていると、彼女の視線が俺に向けられた。

諦《あきら》めに似た色をたたえた目に、悟《さと》ったような微笑。さっきまでとは打って変わって、なにか重大な決心をしたような重い雰囲気をまとっている。

一体なんなんだ？　ごくごく一般的な質問をしたつもりが、なんでこんなシリアスな展開になっている⁉

俺は我知らず、ごくりと唾《つば》を呑み込んでいた。

「実は私、オタクなんです」

「はい？」

「オタクなんです。ごめんなさい」

なぜ謝る？　彼女の態度はますます不可解だ。

「はぁ。桃子さんはその……アニメやゲームや、漫画、そういったものがお好きだと」

彼女はこくりと頷《うなず》いた。

「なるほど」

そういったものが好きなのか。そうか。

俺自身は詳しくないが、周りにはそういったものに傾倒《けいとう》している人が何人もいる。別に珍しいことでもない。

しかし彼女は信じられないものを見るように、目を丸くした。

「どうしました？　そんなに驚いて」

どうしてそんな反応をするのか、首をかしげる。

「……久瀬さんは嫌じゃないんですか？」

「なにがです？」

「オタクでも平気なんですか？」

今度は俺が目を丸くする番だった。

「平気もなにも……。アニメやゲームが好きな方は普通にいるものでしょう？　釣りが趣味だ、山登りが好きだ、暇さえあれば旅行に出かける――そんな方々がたくさんいるのと同じ。逆にうかがいたいんですが、どうしてオタクがいけないんです？」

「いけないというか、その……オタクだって言うとよく引かれるので」

日本のアニメやゲームは海外で高評価を受けている。そんなニュースが普通に流れる時代だぞ？　今時否定的な反応をするヤツがいるのか？　しかし体を小さくしている彼女を見るに、何度もそういう目に遭《あ》ってきたようだ。

今まで彼女の趣味にケチをつけてきた顔も知らないヤツらにふつふつと怒りが湧《わ》いた。

「人の趣味にケチをつけるような人の言うことなんて気にしなくていいんです。そういう人たちは自分の理解できるものしか認める気がないのですから。好きなら好きでいいじゃないですか。嗤《わら》うほうがおかしいんです」

「好きなら、好きでいい？」

「そうです。別に悪いことをしてるわけじゃない。堂々としていればいいんですよ。好きなものを好きと言ってなにが悪い、と胸を張ってみてください。きっと、もっと気が楽になりますよ」

「……ありがとうございます。そう言ってもらえて、なんだかとても気持ちが軽くなりました」

ふわっと笑った彼女の顔に見惚《みと》れた。つられてこっちまで笑顔になってしまう。そんな引力がある。

ああ、この人はなんて柔らかく微笑むんだ。

「ならよかった。引け目ばかり感じていたら、貴女が好きな作品たちだって可哀想《かわいそう》ですよ」

「ええ。好きならちゃんと好きだと言ってあげなければ。でしょう？」

「可哀想《かわいそう》？」

「そう……そうですね！」

吹っ切れたようで、彼女の顔がますます明るくなった。

「元気が出たところで、ぜひ教えていただきたいのですが」

「なんでしょう？」

小首をかしげつつ問い返してくる彼女の顔に、もう陰《かげ》りは見えない。

「最近はどんなものを見たり読んだりしているんですか？　貴女が好きなのはどんな話なのか、興味があります。なにかお薦《すす》めはありますか？」

「え⁉　わ、私が好きなものですか？　最近は……うーん……」

真剣に悩み始めた彼女は、視線を彷徨《さまよ》わせつつ、表情をころころと変えている。

今、彼女はどんなことを考えているんだろう？　そう思うと俺まで楽しくなる。

「面白いと思うものはたくさんあるんですが、お薦《すす》めするとなると難しいですね！　久瀬さんはどんな話が好きですか？」

「そうですね。最近は映画もドラマもあまり見ていないし、読書も仕事関係のものばかりで……。ああ、そうだ。先月だったかな？　一冊だけ小説を読みました。それがとても面白かったんです。ひと息に読んでしまって、翌日は寝不足で、少々辛かったですね」

「わかります！　夢中になっちゃうと途中でやめられませんよね。その小説ってどんな話だったんですか？　久瀬さんがそんなに夢中になったなんて、気になります」

「未来が舞台で、一見すると誰もが幸福であるような理想的な社会なんですが、その裏で管理者たちが反抗的と見なした人々を粛清《しゅくせい》する話で」

「ディストピア！　私もそういう話、好きです！　久瀬さんが読まれた小説ってもしかして……」

彼女が口にしたタイトルはまさに俺が読んだ本のものだった。それを伝えると、彼女は今読んでいる途中だと嬉しそうに答えた。

「そういうのがお好きなら、お薦《すす》めしたいのがいっぱいあります！　あ！　アニメは苦手だから見られないとか、そういう得手不得手《えてふえて》ってありますか？」

「いいえ、貴女が薦《すす》めてくれるものならなんでも」

笑いかけたところ、彼女は耳まで赤くして、もごもごと口の中でなにかを呟《つぶや》いていた。

アイスティーを一口飲んだ彼女は、仕切り直そうとするように一度ゆっくりまたたくと、おもむろに顔を上げた。

「久瀬さん。語っていいですか？」

「もちろん」

むしろ望むところだ。彼女がどんな話を、どんなふうに感じて、どんなところにどう惹《ひ》かれるのか、とても興味がある。

「では、遠慮《えんりょ》なく！」

水を得た魚のようにという表現があるが、彼女の生き生きとした様子はまさにその言葉みたいだった。

今までの自信なさげな態度とはまったく違う。これが本来の彼女の姿なのだろう。

慣れない環境でがんばっている姿もいいが、やっぱりのびのびとしている姿を見るほうがいい。

初めはディストピアを扱った小説や漫画の話を、それからアニメや映画の話へ。彼女の解説は巧《たく》みで、薦《すす》められるもののどれもが気になってくる。

すべてのタイトルを覚えたくて、途中から手帳を取り出し、書き留めることにした。

気になったことを尋ねると、丁寧かつわかりやすい答えが返ってくる。その中にも彼女らしい細やかな気遣いが垣間《かいま》見えて、話していて気持ちがいい。

いつの間にか俺自身もリラックスして話していることに気が付いた。

昨日までは、見合いなんて面倒だと思っていたのに。今や純粋に彼女との会話を楽しんでいる。

彼女の話に相槌《あいづち》を打ちながら、もっと話していたいという気持ちがどんどん強くなっていく。

だというのに、彼女の口から流れるようにこぼれていた言葉が、ふいに途切れた。

心地よい時間が急に終わり、俺ははっと我に返った。

彼女の視線は窓の外に注《そそ》がれている。

そこになにかあるのか？　目を凝《こ》らすが不審《ふしん》なものはなにも見えない。ただ、傾いた陽に照らされてオレンジに染まる街があるだけだ。

「どうしました、桃子さん？」

「ごっ、ごめんなさい！」

彼女がものすごい勢いで頭を下げるので面食《めんく》らった。

なにが、と問う前にふたたび彼女が口を開く。

「こんな時間まで、長々と喋《しゃべ》っちゃって……。退屈でしたよね。本当にごめんなさい！　熱中すると周りが見えなくなっちゃうのが悪い癖《くせ》で、気を付けていたんですが」

なんだ、そんなことを気にしていたのかと安堵《あんど》するとともに、慌《あわ》てる彼女を可愛《かわい》らしく思った。

「貴女と話しているのは楽しいですよ。もっとお喋《しゃべ》りしていたいくらいです」

「そ、そう言っていただけると……気が、楽になります」

彼女は消え入りそうな声で言う。

最初の頃のぎこちない態度に戻ってしまっていた。少し寂しい気がしたが、次に会うときにはきっともっと打ちとけてくれるに違いない。

『次』を当然のように考えている自分に苦笑いする他ない。

「もっとお話をしていたいのは山々なのですが、今日はそろそろおしまいにしましょう。あまり遅くなるとご家族が心配なさるでしょうし」

「……そうですね」

言葉が返ってくるまでのわずかな沈黙と、歯切れの悪い返事に、胸がざわめいた。もしかして、この時間が終わるのを残念に思ってくれているのだろうか？　そんな期待が胸をよぎる。

「家まで送らせていただけませんか？　もう少し、貴女とお喋《しゃべ》りをしたくて」

「え？」

彼女の顔がぱっと明るくなったのは、俺の勘違いだろうか。いや、そうじゃないと思いたい。

「車で来ているのですが、もし貴女さえよかったら……」

さっきまでは思ってもいなかったことが口を衝《つ》いて出る。初対面の女性を車に乗せようとするなんて、普段だったら絶対にしないことだ。

まったく俺はなにをやっているんだ？　良心らしきものが心の中で自分の言動をなじるが、それはこの際、無理矢理閉じ込めた。

「でも、久瀬さんにご迷惑では？」

「迷惑だなんてことはありませんよ。貴女と一緒にいられる時間が長くなって嬉しいくらいです。それに……」

「それに？」

「じき日が暮れるでしょう？　夜の街は物騒《ぶっそう》です。貴女を一人で帰らせるなんて心配で仕方がありません。どうか私に送らせてください」

もし車に乗るのがためらわれると言うのだったら、タクシーでもいいし、それも気になるなら電車で送ってもいい。車はそのあと取りに戻ればいいだけの話だ。

「私を襲うようなもの好きなんていませんから！」

そう言って、彼女は大丈夫だと笑う。なんて危機感が薄いんだ。

いや、初対面のくせに車に乗れと誘うような俺が、そんなこと言えた義理でもないか。

どうするか……と考えていると、彼女が「でも」と口を開いた。

「私ももう少し久瀬さんと一緒にいたいです。あの、お言葉に甘えてもいいですか？」

恥ずかしそうに言う。

俺から誘ったんだから、そんなに申し訳なさそうにしなくてもいいのに。

「よかった！」

思わずぽろっと本音が漏《も》れた。

桃子さんはなぜか、ぼうっとした顔をしている。どうしたんだろう？　と思って見つめていたら、
彼女は我に返ったように表情を引き締めた。

「ごめんなさい！　なんでもないんです！　ちょっと見惚《みと》れてて……」

「見惚《みと》れて？」

なにに？　と問いかけようとしたがやめた。桃子さんがひどく恥ずかしそうにしているからだ。

彼女がなんでもないと言うなら、それでいいじゃないか。些細《ささい》なことを追及して嫌われたくない。

「ではそろそろ出ましょうか？」

「はっ！　はいっ」

笑いかけると、彼女は弾《はじ》かれたように立ち上がった。

「駐車場は先ほどのホテルの地下なんです。少し歩きますがかまいませんか？」

「はい。大丈夫です」

華奢《きゃしゃ》なヒールを履《は》く彼女に合わせて、ゆっくりめの歩調を心がける。

日暮れの街はムッとした熱気に包まれていたが、それでも日中の暑さに比べれば遥かに過ごしやすい。しかしひどく湿気《しけ》た空気が体にまとわりついて、まるでぬるま湯の中を歩いているみたいだ。その不快さに眉《まゆ》をひそめる。

一方、隣を歩く桃子さんは不快な様子など微塵《みじん》も見せず、楽しげに微笑んでいる。

そんな彼女を見ていると、大人げない悪戯心《いたずらごころ》がむくむくと湧《わ》き上がった。

「そうだ、桃子さん。これは言っておかないといけませんね」

「なにをです？」

「送り狼《おおかみ》にはなりませんと約束します。どうか安心してください」

姑息《こそく》な手段だが『送り狼《おおかみ》』という単語をわざわざ出すことで、俺が男であるということを印象付けたかったのだ。

「おっ、おく、おくりっ⁉」

効果はてきめん過ぎたようだ。桃子さんがせき込み始めてしまった。

今日初めて会った女性の背中をさするわけにもいかず、オロオロするしかない。ちょっとした悪《いた》戯心《ずらごころ》が招いた事態に良心がひどく痛んだ。

彼女を助手席に乗せて夜の街を走る。彼女の家までは四、五十分の距離。渋滞《じゅうたい》もなく、カーナビの示した予想到着時刻どおりに彼女の家の近くまできた。

古くからの住宅街であるそのあたりは、しんと静まり返っていた。

「今日はありがとうございました。あの、もしよかったらうちでお茶でも……」

「いえ、玄関先でご挨拶《あいさつ》だけさせていただこうかと思います。こちらこそ、今日はありがとうございました。貴女のおかげで楽しい時間を過ごせました」

「そんな……私、失敗ばかりしていて……」

どうやらさっきの熱の入ったプレゼンを思い出しているようだ。俺にしてみれば楽しい会話だったんだが、どうも彼女は自分が夢中になり過ぎて俺に迷惑をかけたと思い込んでいるらしい。その誤解がとけないのがもどかしい。

「桃子さん。また会っていただけますか？」

「あ、わ、わ、私でいいんですか⁉」

「はい。貴女と会いたいんです」

街灯《がいとう》の頼りない明かりの下、輝くような笑顔がこぼれた。彼女を見下ろす俺は、その眩《まぶ》しさに吸い込まれそうな錯覚に陥《おちい》る。

「嬉しいです！」

「では次会うときに、今日薦《すす》めていただいた本の感想を」

「はい！　楽しみにしてます！」

そのときの彼女の笑顔を、俺はきっとずっと忘れないだろう。

翌日から、早速桃子さんお薦《すす》めの本を読み始めた。

次の土曜日に少し遠出をしてプラネタリウムを見に行く約束をしている。それまでに、あと二冊ぐらいは薦《すす》められた本を読んでおきたい。

そう思ってページをめくろうとした直後、同僚の伊月からメールが入った。

昨日の見合いどうだった？　という野次馬《やじうま》根性丸出しの内容だったため、無視することにした。伊月に付き合っている暇も、義理もない。

ふたたび本に視線を戻す。

彼女が推薦《すいせん》する通り、面白い話だ。虐《しいた》げられていた主人公たちが反撃に回り、あと一歩で窮地《きゅうち》を脱するという白熱したシーンにさしかかる。

物語にのめり込みながら、頭の片隅で『彼女はこのシーンをどんな気持ちで読んだんだろう？』と考える。今度の土曜日に、ぜひ聞いてみたい。きっと楽しげに答えてくれるはずだ。

そう考えると自然と頬が緩《ゆる》む。

ああ、早く週末になればいいのに。まだ日曜、それも午前中が終わったばかりだというのに、そう思わずにはいられなかった。


——俺が彼女にプロポーズしたのは、それから約二か月後のことだ。

◆
❖
◆

「あのー……」

夕食後、リビングのソファに座り、桃子さんと出会った頃のことを思い出していたところ、突然声をかけられる。

声の主は、俺の腿《もも》の上に座っている桃子さんだ。

「ん？　どうしました？」

彼女の柔らかい髪を指で弄《もてあそ》びながら答えると、彼女は申し訳なさそうな顔で俺を見上げる。

「そろそろお仕事に取りかからなくていいんですか？」

おそらく、俺の仕事に自分が口を出すなんておこがましい、だがこのままのんびりしていてよいのだろうか……なんて悩んだ末のことなんだろう。

「もう少し」

「でも、時間が」

彼女は時計をチラッと見た。つられて目を向けたところ、確かに時間は刻々と過ぎている。このままだと、先に寝てもらうことになりそうだ。

一緒に休みたければ、そろそろ書斎《しょさい》にこもらなければならない。

まったく、仕事なんて持ち帰るんじゃなかった。午後に起きたイレギュラーな案件が恨《うら》めしい。

あれがなければ持ち帰りなんてしなくて済んだものを。舌打ちしたいのを堪《こら》えて、桃子さんを抱きすくめた。

離れがたくて腕に力がこもる。

「厳さん？」

「じっとして。もう少ししたらちゃんと仕事を始めますから」

「本当に？」

「ええ。約束します」

じゃあ、もう少しだけ……と、彼女は俺に身を任せた。

温かくて柔らかい体を抱いていると、心身ともに満たされる。昼間、どんなに嫌なことがあっても、腹立たしいことがあっても、ここに帰ってくれば——そして彼女を抱きしめれば、すべて些細《ささい》なことに思える。

彼女の存在を知らなかった頃の俺は、いったいどうやって過ごしていたのだろう？　今となってはもう思い出せない。

そんなことを考えていると、彼女の小さな手が遠慮《えんりょ》がちに俺の腕を撫《な》で始めた。

「桃子さん？」

羽根が触れるような感触はくすぐったさではなく、官能を呼ぶ。下腹のあたりにじくじくした熱が集まりだした。

まずい。彼女の手を止めないと、よからぬ事態に陥《おちい》ってしまいそうだ。だが、愛おしそうに撫《な》でる彼女に向かって、やめろなんて言いたくない。

迷っている間にも、体は素直に反応を始める。

このまま寝室に連れ込んで組み敷いてしまいたい。肉欲のまま抱いてしまいたい。それができたらどんなにいいだろう？　理性と欲がせめぎ合う。

「あとで書斎《しょさい》にお茶を持っていきますね。お夜食はいりますか？」

純粋で優しい眼差《まなざ》しを向けられて、罪悪感で胸が痛んだ。

自分を抱きしめる男が邪《よこしま》なことを考えているなんて、彼女は思いもしないだろう。

そのままなにも知らないでいてほしいような気もするし、逆に俺の本心を見せつけたいような気もする。

「持ち帰った仕事を片付けるのに、そんなに時間はかからないと思うので、お茶だけもらえますか」

劣情を隠して答える。微笑の端《はし》から欲望がはみ出していなければいいが。

「はい！　了解しました」

桃子さんは元気な笑顔で敬礼の真似事《まねごと》までする。

どうやら上手く隠しおおせているみたいだ。

だが、安堵《あんど》する一方で、悪戯心《いたずらごころ》がむくむくと湧《わ》き上がった。

「でも、その前に……」

「その前に？　え？　わっ、きゃ!?」

無防備な体をソファに押し倒すと、栗色の髪がふわりと広がった。

ゆっくり覆《おお》いかぶさり、彼女の唇に口づける。しっとりと柔らかい唇を舌でなぞり、吐息を奪い、わずかに開いた隙間から口腔《こうこう》へ押し入る。

一度目覚めてしまった欲望を無理矢理鎮《しず》めるのだから、このくらいのご褒美《ほうび》はもらってもいいだろう？

「ふっ……う……んっ」

鼻にかかった彼女の甘い喘《あえ》ぎ声を聞き、頭の芯《しん》がちりちりと焼ける。

初めは俺の腕を叩いて抵抗していた彼女だが、それは次第に弱まった。代わりに彼女の舌がおずおずと応《こた》え始める。それを強引に絡《から》め取ったところ、彼女の喘《あえ》ぎがますます甘くなっていく。

「んっ……あ……はぁ、ん」

唇を離すと、名残《なごり》を惜《お》しむように銀の糸が伸びた。だが、それは一瞬ののちにぷつんと切れてしまう。

彼女の頬は紅潮《こうちょう》し、目は潤《うる》んでいる。しかも、その目の奥には隠し切れない官能が見える。

「もっ……厳さんの……バカぁ」

途切れ途切れになっている罵倒《ばとう》は可愛《かわい》らしく、俺の欲を掻き立てる。

「気持ちよかった？」

わざと羞恥《しゅうち》を煽《あお》るようなことを言ったら、彼女は予想通り恥ずかしそうに顔を背《そむ》けた。

「急いで仕事を終わらせますから、続きはあとで。ね？」

彼女の耳元でささやいた。

彼女は視線を彷徨《さまよ》わせたあと、こくり、と小さく頷《うなず》く。

仕事のあとの楽しみができた。

さて、気合いを入れて取り組むとするか。

力が抜けてしまったらしい彼女の体を抱え起こしながら、全身にやる気がみなぎるのを感じた。

第三話　恋心とは厄介《やっかい》で――妻の悩み

なんの変哲《へんてつ》もない昼下がり。

私、久瀬桃子の勤務先である印刷所でのこと。所長はパソコンに向かって怒涛《どとう》の勢いでキーボードを叩き、ユリちゃんは書類の整理を、そして私は在庫が心もとなくなってきた備品の発注書を書いていた。

部屋に響くのは、キーボードを叩く音と、紙をめくる微《かす》かな音、そして私が走らせるボールペンの音だけ。

お昼ごはんを食べたあとなので、スカートが少しきつく感じる。結婚式前のエステとダイエットで多少は痩《や》せたけれど、最近ちょっと体重が戻り気味だ。スカートがきついって、これって危なくない？

机の下でそっと脇腹をつまんでみたところ、心なしか贅肉《ぜいにく》が増えている気がする。

誘惑作戦が功《こう》を奏《そう》してから、約一か月。厳さんと心身ともに夫婦になれたばっかりなのに、ぶくぶく太って嫌われたくない。そろそろなんとかしないといけないかな。

そうぼんやり思った矢先、入り口のドアがゆっくりと開いた。ドアベルが、カランと小気味《こきみ》のよい音を立てる。

「いらっしゃいませ！」

所長とユリちゃん、そして私の声が綺麗《きれい》に重なった。あまりに見事な三重奏だったので、思わず苦笑いしてしまう。

膝《ひざ》にまで書類を広げているユリちゃんは、すぐに立ち上がれないようだ。

私が対応するから立たなくていいよ――そんな意味を込めて目配《めくば》せすると、彼女は「ありがとうございます」と言ってぺこりと頭を下げた。

私は念のため書きかけの発注書を裏返して立ち上がった。

「ご入稿《にゅうこう》ですか？」

受付カウンターへ向かいつつ声をかける。この営業所では、原稿を直接持ってこられるお客様の対応もしている。いわゆる直接入稿《にゅうこう》というやつだ。

カウンターに立っていたのは、思わず見惚《みと》れるような美しい女性だった。栗色《くりいろ》の髪はラフな感じにハーフアップにまとめられ、つやつやと綺麗《きれい》に輝く毛先はゆるくカールしている。服の着こなしは上品で、大人な女性の雰囲気が見て取れた。

私は憧《あこが》れと羨望《せんぼう》の眼差《まなざ》しで彼女を眺めた。身に付けているひとつひとつのアイテムはシンプルなのに、あんなふうに品よくまとまって見えるのは、スタイルが抜群《ばつぐん》にいいからだ。もし、メリハリに欠ける私が着たら、ただ野暮《やぼ》ったくなるだけだろう。

私もこの方みたいにキュッと引き締まったウエストになりたいなぁ。そんなことを考えながら、脇腹のあたりを撫《な》でた。明日からお弁当の量を減らしたほうがいいかも。

そうそう。スタイルがいいと言えば、厳さんのお姉さんも背が高くてスラッとした綺麗《きれい》な人なんだよね。ちょうどこちらのお客様みたいに。

「ええ。お願いします」

涼《すず》やかで落ち着いた声が返ってきた。

あれ？　この声、どこかで聞いたことがあるような気が……

「どうしたの、桃子ちゃん？」

「え？」

なんで私の名前を知ってるの？　改めてお客様の顔を確認すると、そこに立っていたのは……

「お義姉《ねえ》さんっ！」

腰を抜かさんばかりに驚く私とは対照的に、彼女は満面の笑みを浮かべて、小さく手を振っている。

よく似た人じゃなくて、ご本人ではありませんか！

「お久しぶり」

「あ……えっと、お久しぶり……です……」

しどろもどろになって答える。

なんでお姉さんがここにいるの？

さっき、入稿《にゅうこう》って言ったよね？　なんの入稿《にゅうこう》？　お義姉《ねえ》さんには中学生と高校生のお子さんがいる。もしかしてＰＴＡで使う資料の印刷とか？　まっ、まさか同人誌の入稿《にゅうこう》ってことはないよね！

なんてことを目まぐるしく考えつつ、体はきっちり必要な書類を用意し始めている。

「ごっ……ご入稿《にゅうこう》、です、よね？　あ、あの、とりあえずお座りください」

動揺を隠し切れないままイスをすすめると、お義姉《ねえ》さんは「ありがとう」と笑って優雅《ゆうが》な仕草で座った。

誰もが振り返るような美貌《びぼう》の人に、至近距離で微笑まれたら焦《あせ》るじゃないですか！　しかも、それが厳さんのお姉さんとなれば、動揺するのも無理ないでしょう!?　無理ないと言って！

会うのは今日で五度目。いつも気さくに接してくださるし、優しいし……外見だけじゃなく中身も素敵なお方で、私はひそかに憧《あこが》れているのです。

ああ、向かい合っているだけで緊張する。とはいえ、今は業務中だ。私情をはさんじゃダメだ！

なんとか立て直そうと、咳ばらいをひとつ。

「ごほん……。えーと、入稿《にゅうこう》依頼書はご用意……」

声が裏返ってしまったことに赤面しつつ、どうにか続ける。

「用意してあります。依頼書と……これが原稿データです。それと、こちらが印刷見本」

カウンターの上に一枚の依頼書とケースに入ったCD－ROMが一枚置かれた。そして最後に、お義姉《ねえ》さんがバッグから取り出したのはカラー印刷された一枚の紙と、モノクロでプリントアウトされた紙の束――印刷見本だ。

「でででで、ではっ、確認させていただき、ます」

「お願いします」

まず依頼書に記入漏《も》れがないかをチェックさせてもらう。お義姉《ねえ》さんがテーブルに置いた用紙を手元に引き寄せた。

紙面に目を落とすと、流麗《りゅうれい》な字が飛び込んでくる。優しく、凛《りん》としていて、お義姉《ねえ》さんらしい文字だなぁと思った。

まず初めに確認するのは、日付。それから名前。片桐《かたぎり》さつき——読みやすい大きさと間隔《かんかく》で書かれた五文字はお義姉《ねえ》さんの名前。厳さんと苗字が違うのはすでに結婚しているからだ。若々しくて、とても中学生と高校生の息子さんがいるようには見えない。私より九歳年上の厳さんの、年子のお姉さんだから、今年で三十六歳のはず。落ち着き払った雰囲気とゴージャスな美貌《びぼう》はいかにもセレブって感じなのに、話してみると気さくな姉御肌《あねごはだ》で、私は初めて会ったその日から大好きになった。

そんな憧《あこが》れの人であるお義姉《ねえ》さんが、萌《も》え絵ポスター満載《まんさい》のうちの営業所にいるのはミスマッチ過ぎる。

「ええっと。参加イベントはこちら……」

え？　参加イベント？　あれ？　ＰＴＡの資料の印刷じゃないの？　な、なにかの間違……

「はい。間違いありません」

確認しながら恐る恐る視線を上げたところ、お姉さんがにっこり笑って可愛《かわい》らしく小首をかしげた。あっ、そういう仕草も素敵ですね！　……じゃなくて。

まさか、まさか、まさか。

額《ひたい》に冷や汗がにじんだ。

私はカウンターに置かれたカラーの印刷見本にそろりと視線を投げる。表紙には目を見張るくらい美しいイラスト。裏表紙には発行サークル名と発行日。紛《まご》うことなき同人誌である。

――ん？　あれ？　この絵柄どこかで……？

裏表紙に書かれたサークル名に、もう一度目を走らせた。

「えええええ！」

うっかり変な声が出た。

『風鈴金魚《ふうりんきんぎょ》』――伝説の一次創作サークルの名前と同じだ。花葵《はなあおい》さんという方の個人サークルで、十数年前、突然活動を中止したのだけれど……

絵が美しくて、泣ける漫画を描くことで有名だった。当時は当然のごとく壁サークル――つまり超人気サークルで、今でも復帰を望む声が途絶えないと聞く。

当時、私は小学生だったので、リアルタイムで風鈴金魚の同人誌を知っていたわけではない。中学生になり同人誌に興味を持ち始めたところ、あちこちでそのサークルの評判を耳にしたのだ。そして、活動休止後もなんとか入手できたものを、夢中になって読んだのである。

「あの、お義姉《ねえ》さん！」

「なぁに？」

「……あとでメールしてもいいですか？」

ああ、言ってしまった。公私混同してごめんなさい！

「メール？　いつでもいいわよ」

お義姉《ねえ》さんの口調も、依頼書のチェックのときとは違って砕けている。

「ありがとうございます。じゃあ、今晩送ります」

「楽しみに待ってるわね！」

お義姉《ねえ》さんは嬉しそうに微笑んでくれて、私はどぎまぎしながらもう一度お礼を言って、書類の確認に戻る。

お義姉《ねえ》さんの入稿《にゅうこう》はミスもなくすぐに終わった。私は『お義姉《ねえ》さんは、あの風鈴金魚の、あの花葵さんですか？』と聞きたい衝動《しょうどう》を抑《おさ》えるのに苦労したけれど。

◆ ❖ ◆

その日の夜。私はリビングでお義姉《ねえ》さんにメールを打とうとしていた。

「うーん。なんて書いたらいい？」

スマートフォンを手に、ソファにごろんと倒れる。

ふかふかのソファはそんな私の体をふわんと受け止めた。

メールします！　なんて勢いで言っちゃったけど、いざとなるとなんて書いていいのか悩んでしまう。

時候の挨拶《あいさつ》から始めたら堅苦しいか。

「んー。うーん。……どうしたもんかなぁ」

「どうしたんですか？　そんなに唸《うな》って」

「うわっ！　ビックリしたぁ」

突然の声に飛び起きて振り向くと、リビングの入り口にスーツ姿の厳さんが立っていた。

「厳さん、お帰りなさい！」

「ただいま」

言いながら厳さんはスッと上半身をかがめる。私は彼に走り寄って、彼の頬に軽いキスをした。

「で、どうしたんです？　なにか問題でもあったんですか？」

「問題とは違いますよ。……お義姉《ねえ》さんにうかがいたいことがあってメールをしたいんですけど、失礼のないメールってどうやったら書けるんでしょうか？」

「姉に、ですか。あの人なら細かいことなんて気にしませんし、貴女のことを気に入ってるみたいなので、どんなメールでも喜ぶと思いますよ」

彼はネクタイを緩《ゆる》めながら、こともなげに言う。

「失礼があったらいけないじゃないですか。変なこと書いて嫌われたくないんです！」

そう訴えたけれど、厳さんは私の気持ちがちっともわかっていないようだ。

「とりあえず、座って話しませんか？」

疲れて帰ってきた厳さんを立たせっぱなしにしていたことにようやく気が付いた。

「ごめんなさい」

謝ると、彼はなんで謝られたのかわからないというふうに首をかしげた。

説明するべきかどうか迷いつつ、私が彼の隣に座ろうとした途端――

「違う。そこじゃないでしょう？」

「え？」

ぐい、と腰を抱かれて、強制的に彼の腿《もも》の上に座らされてしまった。横抱きのような格好だ。

こんなに密着しなくても、うちのソファは大きいのに！

「厳さんっ！」

「貴女と十時間以上も離れていて寂しかったんですから、このくらい許してください」

そんな甘い言葉を言われてしまったら、反論なんてできないじゃないですか！　むぅ、と唸《うな》っているると彼は苦笑した。

「ほら、眉間《みけん》にしわを寄せない」

そう言いながら、人差し指で私の眉間《みけん》をぐりぐりとほぐす。

「いだだだだ！　もう！　やめてくださいーっ」

「ごめんごめん」

彼はひとしきり笑い、「さて」と言っていつもの生真面目《きまじめ》な顔に戻った。

「では、そろそろ話を戻しましょうか。なんでそんなに悩んでいるんですか？　貴女が人に嫌われるようなメールを書くなんて思えません。普通に書けばいいんです」

「そりゃあ厳さんはお義姉《ねえ》さんと実の姉弟だから気軽に話せるでしょうけど……。あああッ、なんで私はお義姉《ねえ》さんと実の姉妹じゃないんでしょう⁉」

ぐりぐりされて痛む眉間《みけん》を摩《さす》りながら、じとーっと巌さんを見ると、彼は酢《す》でも飲んだような変な顔をしていた。ただし、彼のことをあまりよく知らない人が見たら今の巌さんはただの無表情に見えると思う。最近、彼の微妙な表情の変化がわかるようになってきたのだ。

「いや……それは……どういう意味ですか、桃子さん」

彼にしては珍しく歯切れの悪い返事が戻ってくる。

「だって、お義姉《ねえ》さんと本当の姉妹だったら、もっと自然に話せるじゃないですか！　緊張し過ぎて挙動不審《きょどうふしん》に思われることなんてないじゃないですか！　私はナチュラルなコミュニケーションがしたいんです！」

突拍子《とっぴょうし》もない内容なのはわかっていたが、本心なので拳《こぶし》をグッと握って力説した。

「はぁ」

巌さんの返事は煮え切らない。

けれど、彼が困り顔をしていたのはほんのわずかな時間だった。すぐになにかを思いついたようで、ニッと口の端《はし》をつり上げる。

危険な予感がして、乗り出していた身を引こうとした矢先、大きな手が私の拳《こぶし》を包み込んだ。

「巌さん？　どうしたんで……」

「それでは、私と桃子さんも兄妹ってことになってしまいますね。兄妹では結婚できませんし、こんなこともできませんが？」

「へっ!?　巌さ………っん！」

巌さんは意地悪を言い、私の言葉を封じるようにキスをした。目を白黒させる私をよそに、彼は舌を私の口腔《こうこう》内へ侵入させる。

「んーっ！」

彼の肩を押し戻そうとしたけれど叶《かな》わず、私はあっという間に陥落《かんらく》した。

彼の舌に自分の舌を絡《から》ませると、待っていたと言わんばかりの性急さで舌を吸われた。

「ふぁ……んっ」

痺《しび》れるような快感が背中を走り、鼻から甘えた声が漏《も》れた。もっと、とねだっているようなその声が恥ずかしくて身悶《みもだ》える。すると逃がさないと言わんばかりに腰を強く引き寄せられた。

ぴちゃ、くちゃ、と聞くに堪《た》えない音が響く。それがさらに羞恥《しゅうち》を煽《あお》り、じわじわとお腹の奥が熱くなる。

「桃子は、俺とこういうことしたくないのか？」

ようやく離れた唇は私の耳元で意地悪なことをささやく。低い声は甘くて、でもほんの少し苛立《いらだ》ちを含んでいた。

「ちが……そんな意味じゃ……」

荒い息をつきながら答える。彼の真剣な目に気圧《けお》されて、絞り出した声は小さくなってしまった。

「じゃあ、どういう意味？」

お義姉《ねえ》さんともっと仲良くなりたいのに、喋《しゃべ》ることすら満足にできなくて。焦《あせ》って、極論を口走ったのだ。上手くできないもどかしさを巌さんにぶつけるなんて八つ当たり以外のなにものでもない。軽口の延長のつもりで言ってしまったけれど、厳さんを怒らせちゃった？　そう思ったら、さぁっと顔から血の気が引いた。

「ごめ……」

「なんてな。悪い。少し意地悪した」

私の声にかぶせるように発せられた声はあっけらかんとしていて、威圧感はすっかり消え失せていた。

「怒って……ないんです、か？」

恐る恐る聞いたら、彼はくすっと笑った。

「怒ってはいない。が……」

彼はそこでいったん口を閉ざした。

『が』の先はなに？　ごくり、と喉《のど》が鳴る。

「厳さん？　あの？　――……きゃ⁉」

続く言葉は繋げられず、手首を引っ張られた。あっという間に彼の腕の中に収まる。

私の鼻腔《びこう》を、彼の香りがふわりとくすぐった。彼の胸に頬を押し当てていると、彼の温もりに心がほわんと緩《ゆる》んでしまう。

うっとりしてる場合じゃないよ！　ちゃんと話をしないと。彼の腕から抜け出すべくジタバタともがいた。

「厳さん！　離してください！」

「ダーメ。じっとしてろ」

キスの余韻《よいん》のせいか、私の耳は彼の掠《かす》れたささやき声から官能の欠片《かけら》を拾ってしまった。ぴくり、と体が跳ね、それを見た厳さんは満足そうに小さく笑った。

「なぁ、桃子。そう『お義姉《ねえ》さん』『お義姉《ねえ》さん』って姉のことばかり話されると、俺としてはちょっと妬《や》けるんだが」

耳元でそっとささやかれて、背筋がぞくりと震えた。

ごくりと音を立てて唾《つば》を呑む。

「あの……」

「訂正。ちょっとじゃない。だいぶ妬《や》ける」

色気をたっぷり含んだ声が耳に流れ込んだ。胸がドキドキと早鐘《はやがね》を打って苦しい。胸を押さえたいのに、ぎゅっと抱きしめられてるせいで腕はちっとも動かせない。

はぁ、と熱いため息が口からこぼれた。

「桃子のその顔、いいな。いやらしくて可愛《かわい》い」

「なっ！」

急になんてことを言い出すんだろう。恥ずかしくて顔から火が出そうだ。

どうしよう。お義姉《ねえ》さんにはメールを送ってないし、色々やることが残っているのに、このままじゃ、まともな思考ができなくなっちゃう。

どうしたらこの窮地《きゅうち》からスマートに脱出できるんでしょうか。経験の乏《とぼ》しい私には、まったくわかりません！　誰か教えて！

オロオロと狼狽《うろた》える私をよそに、彼は落ち着き払っている。そうして彼はつかんだままの私の手を、自分の唇にそっと押し当てた。

次いで、色気をにじませた目で私の視線を絡《から》め取る。

「ッ！」

甘い戦慄《せんりつ》が背中を這《は》い上がって、私はそれに耐《た》えるためにギュッと目をつむった。

「できることなら、俺はもっと桃子を独《ひと》り占《じ》めしたいんだけどな」

「あ……の……？」

「姉さんへのメールの文章に長時間悩むくらいなら、さっさと電話してしまえばいい。だろう？」

「えっ？」

電話じゃ緊張して上手く喋《しゃべ》れないと思ったからメールを選んだのに!?

動揺する私をよそに、彼はスーツの内ポケットからスマートフォンを取り出すと、素早く操作して耳に当てた。

「ああ、姉さん？　今電話してもかまわないか？　――いや、桃子さんが姉さんにメールするって言うから、そんなまどろっこしいことするぐらいなら、電話で話した方が早いんじゃないかと思ってさ。今、桃子さんに代わる」

厳さんは私にスマートフォンをポンと渡してきた。

え？　という顔で見上げたところ――

「じゃ、そういうことだから。ぱぱっと済ませて」

なーんて、しれっと言う。鬼でしょう、鬼！

抗議したかったけど、それよりもお義姉《ねえ》さんをお待たせしちゃうほうが問題だ。まだ快感の熾火《おきび》が燻《くすぶ》る体を持て余しながら、急いで電話に出た。

「お電話代わりました。桃子です。お忙しいところ申し訳ありません」

『そんなに気を遣わないで。電話もメールも気軽にしてくれていいのよ？　先ほどは印刷の件、ありがとう。仕上がりが楽しみだわ』

お義姉《ねえ》さんとの話を聞かれて困ることはないが、彼の腿《もも》の上で話し続けるのには抵抗があった。廊下にでも出て話そう。そう思って彼の腿《もも》から下りた途端、腰に厳さんの手が伸びてきてそのまま引き戻されてしまった。今度は彼の腿《もも》の上で背後から抱かれる格好だ。

もう！　厳さんってば！

振り返って睨《にら》んだけれど、彼は悪びれることなく、にっこり微笑んだ。

腰に回された腕は力強くて、立ち上がるのは無理そうだ。早々に諦《あきら》めて、お義姉《ねえ》さんとの会話に集中することにした。

「あ、いえ、こちらこそ！　ご利用ありがとうございます。お義姉《ねえ》さんに気に入っていただける仕上がりになるとよいのですが……」

『オプション加工の見本を見ているだけでもすごく楽しかったわ。ありがとう。またお邪魔《じゃま》させていただくわね』

「はい！　ぜひ！　それで……あの！　お義姉《ねえ》さん！　お義姉《ねえ》さんは……同人活動をしてらしたんですね」

『そうなの。オンラインもいいけれどね、子どもたちも大きくなったし、そろそろオフライン活動に復帰したくなっちゃった』

オフライン活動というのは、インターネット外での活動のことで、この場合同人誌を作ったり即売会に参加したり、そういうもののことを指す。

「お義姉《ねえ》さんって、あの風鈴金魚の花葵さんなのですねっ！」

いくらなんでも単刀直入過ぎるでしょ！　言ってから後悔した。

『……あのって？』

「『君と星雲の距離』や『春の影、夏の光』『ヒースが歌う物語』に『千夜一夜の向こう』、それから『夜明けの闇に吹く風』『嘘つきのオペラ』……」

『なんでそんなに知ってるの、桃子ちゃん！　やだ、恥ずかしいわ！』

意外そうな声音。本当にお義姉《ねえ》さんはあの花葵さんのようだ。

予想が確信に変わった途端、タガが外れた。

「私、ファンなんです！　全部は買えてないんですけど、同人誌を何冊か持ってますっ！　ネットで全作品公開してくださったときは嬉しかったです。買い逃した本を読めて、すごく感動しました。ありがとうございます！」

『こちらこそ！　読んでいただけて嬉しいわ』

鼻息も荒く、不気味なくらい興奮して大騒ぎする私に対して、お義姉《ねえ》さんは優しく答えてくれる。

「どの話も好きなんですが、特に『春の影、夏の光』と『ヒースが歌う物語』が大好きです！　お義姉《ねえ》さんはどの話が……ぎゃ!?」

思わぬ刺激に変な声が出た。厳さんの手がチュニックの裾《すそ》から侵入して、さわさわとお腹を撫《な》でたのだ。

――厳さんっ！

振り向いて睨《にら》もうとしたけれど、それより先に厳さんの唇が私のうなじを這《は》った。ぞくっと肌が粟立《あわだ》つような快感に、私はギュッと目をつむって唇を噛む。

『桃子ちゃん？　どうしたの？　大丈夫？』

「ごめんなさい。なんでもない……です」

なんでもない、と言ったのが悪かったのか、それまでお腹や脇腹を撫《な》でていた厳さんの手が胸へと伸びてくる。

彼の指がブラの隙間から入り込んで、やんわりと膨《ふく》らみを揉《も》み始めた。

彼の手が服の下で蠢《うごめ》いているのが見える。

『本当に？』

「はい。急に、大声上げちゃって、ごめんなさい」

なにに驚いたかなんて言えないし、下手なことを言えば厳さんの手がどこへ伸びるかわからない。

そもそもこんなふうに触られていては、普通にお喋《しゃべ》りすることもできない。

どうしよう。どうやって巌さんの手をどけよう。

彼の手首をつかんで動きを阻止《そし》しようとしたが、うまくいくはずもなかった。力の差は歴然としてるうえに、スマートフォンを持っているから片手しか自由にならないんだもの。

『なんでもないのならいいの』

電話の向こうのお義姉《ねえ》さんの声がとても遠くに聞こえた。

巌さんはなんでこんな意地悪をするの？　恥ずかしくて、どうしていいかわからなくて、混乱する。

お義姉《ねえ》さんにこの状態がバレないように、これ以上変な声が漏《も》れないように、私はぎゅっと唇を噛んだ。

電話を切ったら、絶対に巌さんに苦情を言うんだから！　そう決意したのとほぼ同時に、うなじから彼の唇が離れた。

ホッとして肩の力を抜くと、手の中のスマートフォンをひょいと取り上げられてしまう。

「あ！」

と声を上げたけれど、彼は素知らぬふりだ。スマートフォンを取り返そうと手を伸ばしたら、服の下に侵入したままの彼の指が胸の頂《いただき》をキュッとつまんだ。

「――ッ！」

急に与えられた鋭い快感。思わず漏《も》れそうになった声を必死で殺した。

なんてことをするんですか！　抗議しようとうしろを振り返ると、彼は満足そうに目を細めて服の中から手をどけた。

「姉さん、そろそろ桃子さんを返してもらっていいか？」

『あらあら。お熱いことで。厳ってば本当に桃子ちゃんにメロメロねぇ。でも、心の狭い男は嫌われるわよ』

「大きなお世話です」

スピーカー機能を使っているわけではないが、お義姉《ねえ》さんの声はよく通るので私にも聞こえた。メロメロなのは私のほうなんだけどなぁ。そんなことをぼんやり考えているうちに、厳さんは電話を切っていた。

「姉からの伝言です。今度ゆっくりランチかお茶をしましょう、だそうです」

彼が拗《す》ねた口調で告《つ》げるのが可愛《かわい》くて、スマートフォンを奪われた怒りなんてすっかり忘れてしまった。

まるでお姉さんのことが好きだけど反発したい、そんなお年頃の子どもみたい。いつも大人な態度の厳さんだけど、お姉さん相手には子どもっぽい反応をするんだなって知れて嬉しいし、姉弟仲が良いんだなぁと微笑ましくもある。

「行ってもいいですか？」

「もちろん。姉と貴女の仲が良いのは大歓迎《だいかんげい》です」

彼は私の髪を指でくるくると弄《もてあそ》びながらにっこりと笑った。

「でも……」

「でも、なんですか？」

「あまり仲が良過ぎるのも悔《くや》しいので、どうかほどほどに」

『ほどほどに』の部分が、ことさら強調される。

にこにこ笑っているのに、なんだか今の厳さんは迫力があった。

「わっ……かりました」

答えると厳さんは満足げに頷《うなず》いた。

「わかっていただけてよかった。とりあえず、私も貴女とランチやお茶がしたいので、今度時間を作っていただけませんか？　平日の昼休みでもいいです」

「え、仕事がある日でもいいんですか？　でも厳さん、お忙しいんじゃ……」

「時間なんてどうとでもなります。実は貴女の会社の近くにクライアントができたんですよ」

そう言われると、断りようもない。いいえ、断る必要はない。

厳さんとランチに出かけたいとは思っていたものの、結局言い出せずに諦《あきら》めかけていた。けれど、彼のほうから誘ってくれるなんて！

「厳さんとランチ……嬉しい」

ぐふふ、と忍び笑いが漏《も》れてしまった。

やだ、下品だと思われたらどうしよう！　と焦《あせ》ったけれど、彼はそんなことは全然気にしていなかった。

「え？　あっ!?　やだっ！」

ふたたび服の下に潜《もぐ》り込んだ彼の手が、素早くブラのホックを外した。急に締め付けから解放された胸がふるりと揺れる。胸がスースーする心もとなさに、私は自分自身を抱くように、胸の前で腕を交差させて前かがみになった。

「厳さん!?　……んっ！」

彼の唇が首筋に触れて、チュッと小さな音を立てる。小さな痛みと、ぞくっとするくすぐったさに微《かす》かな声が漏《も》れた。

「あんまり嬉しいことを言わないでください。せっかく自制していたのに」

この状況、このセリフ。とても危ない予感がする。

「厳さん、晩ご飯食べないと！」

「あとで」

「お風呂！」

「あとで」

「でもっ！」

「あとで」

なにを言っても「あとで」しか返ってこない。

「そろそろ観念しなさい、桃子」

「ッ！」

耳元で、あまーく、しかもこんなときに限って呼び捨てで名前を呼ぶなんて反則だ！

「ダメ？」

そう言われて、ダメと言えるわけがないでしょ。この策士がぁ！

◆ ❖ ◆

「んっ……あ、はぁ……」

明かりが煌々《こうこう》と灯《とも》るリビングに、はしたない喘《あえ》ぎ声が響く。

ソファに座った厳さんにうしろから抱きすくめられる格好で、私は彼の愛撫《あいぶ》を受けている。

身に着けていたチュニックとショートパンツはすでに脱がされてしまった。

あらわになった双丘《そうきゅう》に厳さんの両手が伸びて、触れるか触れないかの力加減で撫《な》でていく。

「は、あ……」

熱い息が口からこぼれた。

「もうこんなに硬くなってる」

意地悪な響きが耳に流れ込むのと同時に、厳さんの指が胸の頂《いただき》をきゅっとつまんだ。突然の快感に耐《た》えきれなくて背がびくんとのけぞる。

「やっ、ん！」

クッと小さく笑う厳さんの息が首筋を撫《な》でる。それに反応した私は快感を逃がしたくて身をよじった。

「今日は一段と敏感《びんかん》だな。さっきの悪戯《いたずら》で感じたのか？」

「っ！　や、言わな……っ」

電話中に仕掛けられた行為を思い出して、羞恥《しゅうち》で体がカッと熱くなった。

「図星《ずぼし》？」

彼の手は私の胸の膨《ふく》らみを下から掬《すく》い上げるように揉《も》んだ。

「ちが……んああっ！」

「嘘はいけないな」

彼の指が胸に食い込む。

「っあ！　や……いた……」

違う。痛いだけじゃない。痛いのに、気持ちいいんだ。頭の中の妙に冷静な場所が、そんなふうに分析する。

「いい眺めだな」

肩口にキスを落とした巌さんが呟《つぶや》く。

「桃子。ほら、目を開けて」

彼に誘われて恐る恐る開けた目に飛び込んできたのは、私自身のあられもない格好だった。

右の胸には彼の長く形のよい指が食い込み、もう片方の赤く充血して硬く尖《とが》った実は、親指と人差し指の間にはさみ込まれている。

両足は彼の膝《ひざ》に阻《はば》まれて閉じることもできず、はしたなく開いたままだ。

「やっ、恥ずかし……」

恥ずかしくて嫌だ。そう思うのに、体の奥がずくんと疼《うず》く。この先を期待するように下半身がじりじりと熱を持ち、混乱した私は咄嗟《とっさ》に彼の膝《ひざ》から逃げ出そうとした。しかし、巌さんの片腕に腰をギュッと抱え込まれて阻止《そし》される。

「逃げるな」

「ひぁ……」

彼の歯が肩を甘く噛んだ。そこから痺《しび》れるような快感が生まれて、じわりと体を侵食した。

「あ……あ……」

彼に、食べられる……そんな被虐的《ひぎゃくてき》な快感に、嬌声《きょうせい》すら上げられない。心を満たす悦楽《えつらく》で体がふるふると小刻みに震えた。

「可愛《かわい》いよ、桃子」

欲を孕《はら》んだ低い声が体の奥に響いた。

胸を弄《もてあそ》んでいた彼の右手がふいに離れ、下腹部へと下りていく。しっとりと汗ばんだそこを撫《な》でたあと、彼の手は足の付け根に伸びた。

「ま、待って……あぁっ！」

下着の上から亀裂《きれつ》を撫《な》で上げられて、びくんと体が跳ねた。もうだいぶ前からじくじくと疼《うず》いていた場所に触れられて、平静《へいせい》でいられるわけがない。

「や、そこ、やぁ……」

のけぞった喉《のど》に彼の左手が這《は》う。愛おしげに触れられて下腹部がじんと熱を持った。

「ダメだ。待てない」

彼の右手はゆっくりと割れ目を往復し、時々、襞《ひだ》に埋もれた肉芽を爪で引《ひ》っ掻《か》く。

「んーっ！」

そのたびに、高い嬌声《きょうせい》が口から漏《も》れる。

「あ……厳さ、ん……も、やぁ」

鋭過ぎる快感は恐怖に似ている。

逃げ場もなく追い詰められて、ただ受け止めるしかない。

「なにが嫌なんだ？　こんなに気持ちよさそうにしてるくせに」

彼の忍び笑いと揶揄《やゆ》する口ぶりが、私の羞恥《しゅうち》を煽《あお》る。

意地悪な指が動くたび、薄い布の奥から、くちゃ、ぬちゃ、と粘度《ねんど》のある水音が聞こえる。

「まだ直接触ってもいないのに、こんなに濡らしてどうするんだ？」

「……今日、の……厳さ、意地悪……」

容赦《ようしゃ》のない愛撫《あいぶ》で際限《さいげん》なく高まるのが怖い。嫌だと言っても聞いてくれない厳さんが怖い。そしてはしたなく快感と解放をねだってしまいそうな自分が一番怖い。

「俺を嫉妬《しっと》させた桃子が悪い」

「そんな、のっ――……ひぅ！」

厳さんの手がなんの躊躇《ちゅうちょ》もなく下着の中に入り込んだ。指がぬかるみを撫《な》でると、先ほどよりはっきりと水音が聞こえた。

「びしょびしょだな。ほら、聞こえるだろ？」

「あ、やっ！　言わないでっ」

彼の指がわざと音が立つように、びしゃびしゃになったそこを撫《な》でた。

かすむ視界に、ショーツの中で蠢《うごめ》く彼の手が映る。見るに堪《た》えない卑猥《ひわい》な光景を目《ま》の当《あ》たりにして、ギュッと目をつむったけれど、余計に彼の指を鮮明に感じるだけだった。

「悪いな。どうやら俺は相当嫉妬《しっと》深いらしい。自分でも驚いたよ」

「あ、あ、あああっ」

クチクチと小さな音を立てて肉芽を捏《こ》ねられて、甘い快感が体を走った。

「自分から腰を振って、本当に桃子はいやらしくて可愛《かわい》いな」

「ちがっ！」

「違わないだろう？」

重く低いささやきが、私を縛《しば》る。否定したいけれど、彼の愛撫《あいぶ》で高められた体を持て余している今、そんなことが言える？　彼の言う通りかもしれないと快楽に痺《しび》れた頭で思う。

「ほら、中までトロトロに溶けてるじゃないか。ほぐす必要なんてないぐらいだ」

「ふぁっ！　んんんっ……」

ぬぷりと音を立てて指が隘路《あいろ》に埋まった。ためらいなく浅い場所を擦《こす》られ、さざ波のような快感が湧《わ》く。ぐっと指を突き入れられるたび、ずるっと引き抜かれるたび、そこは粘るような快感を生み出す。

「あ……ぁん……厳、さんっ……も、やぁ」

絶え間なく聞こえる激しい水音。荒い息。

ここがどこで、自分がどんなに恥ずかしい格好をしているのか、そんなことは頭から吹き飛んでいた。煌々《こうこう》と照らす明かりさえ、気にならない。

私の中で蠢《うごめ》く指はいつの間にか増えていた。奥のほうを擦《こす》られると気持ちよ過ぎて、眩暈《めまい》がする。なのに、物足りない。私が欲しいのは、指じゃなくて……

一度気付いてしまったら、我慢なんてできなかった。厳さんが欲しくて、でもどう言えばいいのかわからなくて、焦《あせ》りばかりが募《つの》る。

「も、ダメ……厳さ……はやく……」

「俺はまだだ。でも、桃子はイきたければ好きなだけイくといい」

「ぁ……わたし、だけは……や、なのっ」

背後で彼が笑う気配がした。

「可愛《かわい》いことを言う」

彼の舌が耳朶《じだ》を這《は》った。くすぐったいような快感に体が跳ねる。

「あ、ダメ！　それっ」

甲高《かんだか》い声を上げてしまう。耳を舐《ねぶ》られながら、下半身に埋め込まれた指にも容赦《ようしゃ》なく攻められる。

二か所から与えられる快感に、頭が真っ白になった。

「あ、ああ、やあああああっ」

全身がビクビクと跳ねて、つま先がピンと反り返った。

彼の指を呑み込んだ場所が、咥《くわ》え込んだものを締め付けるように何度も収縮して、やがて全身の力が抜ける。

はぁはぁと荒い息を繰り返す私を抱きながら、巌さんは私が身に着けていたショーツを脱がせた。

軽い布が床に落ちる音をぼんやりと聞く。

絶頂を迎えたばかりの体はひどく火照《ほて》っていた。私を翻弄《ほんろう》していた嵐は過ぎ去ったというのに、お腹の奥に溜まった熱はまだそこにある。もっと解放されたいと体の中で訴えている。

「いいか？」

耳元でささやかれ、私は無言で頷《うなず》いた。

「こっちを向いて」

力強い腕が私の腰を支えてくれる。それを頼りに向き合う形で彼にまたがり、ソファに膝《ひざ》をついた。

「いい子だ。そのまま腰を下ろして」

いつの間にかズボンの前をくつろげていた彼に促《うなが》される。

「こ……し？」

舌足らずに尋ねると、彼は情欲のにじむ目で私を見上げながら「ああ」と短く答えた。

それでは彼のスーツを汚してしまう。こうして膝立《ひざだ》ちしているだけでも、秘所から溢《あふ》れたものが滴《したた》ってしまいそうで怖いのに。

吹き飛んでいた理性が少しだけ戻ってきたようで、自分の状況がおぼろげに理解できた。

視線を下へ向けると、厳さんのものはすでに隆々《りゅうりゅう》と天を向いている。

「厳さんっ、やっぱりダメ、です。こんな……ところで……ああっ！」

寝室へ行こうと誘うつもりだったのに、彼の手に濡れそぼった場所を弄《いじ》られて、言葉は嬌声《きょうせい》に変わってしまった。

「嫌だ。今、ここで君を抱く」

彼は私の腰をつかんで、グッと押し下げた。

隘路《あいろ》の入り口に、彼のものが触れる。硬く芯《しん》の通ったそれは、私の中から溢《あふ》れた露《つゆ》でぬるりと滑《すべ》った。襞《ひだ》の中に隠れていた芽が彼のもので擦《こす》られてしまう。

「ふぁ……あああ！」

突然の快感に腰が砕けそうになった。

「君のここで擦《こす》るのも気持ちがいいな」

そう言うなり厳さんは彼自身を私の秘所に擦《こす》りつけた。

「あああ！　やぁ、……ん！」

立て続けにやってくる電流に似た刺激に、戻りかけていた理性がまた吹き飛んだ。

彼が欲しい。彼のもので奥まで満たしてほしい。

そんな気持ちだけが残った。

「や、意地悪、しな……で、も、入れ……」

「君が自分で入れるんだ」

「そんな……む、りぃ」

「大丈夫だ。支えてやる」

有無《うむ》を言わせない彼の口調には抗《あらが》えず、覚悟を決めた。そろそろとそれに手を伸ばし、そっと触れる。

「っ！」

その瞬間、彼はなにかを堪《こら》えるように顔を歪《ゆが》めた。

「厳さん？」

「なんでもない。続けて」

彼自身に手を添えて、自分の中心にある潤《うる》んだところに押し当てる。そのままゆっくり腰を下ろし、彼の楔《くさび》を呑み込んでいく。

「は……んぅ……くるしっ……んあぁ」

彼のものは大きくて、何度迎え入れても苦しいと思ってしまう。でもその圧迫感は決して不快なものじゃなくて、むしろ征服されているという被虐感《ひぎゃくかん》を伴った快感になる。腰が甘く痺《しび》れて、力が抜けそうだ。

「桃子の中は気持ちがいいな。気を抜くとすぐ持っていかれそうだ」

自嘲《じちょう》するような笑い。吐息が胸を掠《かす》り、その刺激だけでも、彼を呑み込んでいる途中の場所が疼《うず》く。

「んっ……あ……巌さんが、喜んでくれるなら、私も……嬉し、い……んんっ」

「バカ。可愛《かわい》いこと言うな。思いっきり貪《むさぼ》りたくなるだろうが！」

苛立《いらだ》ったような声で言うと、彼は私の胸の実を食《は》んだ。

「あっ！　あああんっ！　や、それぇ！」

予想もしていなかった鋭い快感に腰から力が抜け、彼を最奥まで一気に呑み込む羽目になった。

「ひ……ぁ……あ……」

ずん、と思いきり奥を突かれて、ただ口を開けて荒い息を繰り返すことしかできない。

軽く達したようで、お腹の中がヒクヒクと痙攣《けいれん》した。

「くっ！」

巌さんは小さく呻《うめ》いたあと、はぁ、と長いため息をついた。

「危なかった。言ったそばから持っていかれるところだった」

彼は困ったように笑って私を見上げる。いつもはストイックに引き結ばれている唇が、今は情欲にまみれた笑みをかたどっていた。

まっすぐに私を射る眼差《まなざ》しには、獲物を狙う肉食獣に似た危なさと、蜜《みつ》のような甘さが含まれている。

「巌さん、好き」

吸い寄せられるように、彼の唇にキスを落とす。

彼の口腔《こうこう》に舌を差し入れて、彼のそれに絡《から》めた。ぎこちない誘惑だったと思うけれど、彼は優しく応《こた》えてくれる。絡《から》んだ舌がくちゃ、ぴちゃといやらしい音を立てた。

「んぁ……厳……さ……」

「はっ……、君は悪い子だな。どこでこんなことを覚えてくるんだ」

激しいキスのせいで彼の唇がてらてらと濡れて光っている。

「どこ……？　ちが……そんな」

ただ自分がしたいと思っただけ――途切れ途切れにそう告《つ》げると、彼は眉間《みけん》にしわを寄せて目を閉じた。

「いわお、さ……？」

「もっとじらしてやろうと思っていたんだが、今日はもうやめた」

そう言うなり彼は私をソファに押し倒した。繋がったままの場所が、急激な動きから強い快感を拾う。

「んあっ！　な、なに、を……？」

「こんなに情熱的に誘惑されたら、応《こた》えないわけにはいかないだろ？」

「え？　あ！　やあ！　……んーっ」

彼は私の足首をつかみ、足を大きく開かせて自《みずか》らの肩へ乗せた。ぐっと密着したせいで、私の中の彼のものが最奥に押しあたった。子宮まで持ち上がるような感覚に、甘い痺《しび》れが全身を駆け巡る。

「悪い。歯止めなんて利《き》かないから――諦《あきら》めてくれ」

「ふぁ……あっ、歯止めなんて……いらな……ぁあ……」

求められる幸せと征服される悦《よろこ》びに胸が満たされる。心の充足はそのまま体にも表れ、彼を受け入れた場所がじゅん、と熱くなった。

「この期《ご》に及んでまだ煽《あお》るのか。まったく厄介《やっかい》だな」

彼は激しく動き出した。

「あっ！　……いっ、あ……、ひぁ、あああん」

激しく突き入れられて、頭が真っ白になる。かすむ視界に、彼の切羽《せっぱ》詰まった顔が映った。

「桃子っ」

「ぁ……いわ……っん……、気持ち……いっ」

肉体同士がぶつかる音に、ぐちゅぐちゅと濡れた音が混じる。

「は、んっ……あ、ああ……も、おかしく……」

入り口が激しく擦《こす》られているのも、最奥を叩くように突かれるのも、お腹側のいいところをえぐるように刺激されるのも気持ちいい。全部の快感が合わさって理性を吹き飛ばす。

「桃――……っく！　はぁ……俺も気持ちいいよ」

ぼんやりとした頭に情欲に濡れた低い声が響く。

「うれし、い……」

昂《たかぶ》った体がどこかに流されてしまいそうで恐ろしく、夢中でソファの背もたれをつかんだ。苦しいほどの快感に耐《た》えきれなくて爪を立てたら、レザーがギッと嫌な音を立てた。

「桃子……もも、こ……」

「あ、はぁっ……いわおさ、ん……あ、ああ」

うわ言のようにお互いの名前を呼んだ。

加速していく欲と熱に身を任せていると、果てはすぐそこまで来ていた。

「んっ、厳さんっ、わたし……も、イっちゃ……」

「ああ、俺も……もう、もたなそうだっ」

「あ、あぁ……い……しょに……」

彼は「ああ」と吐息で頷《うなず》き、さらに動きを激しくした。

眩暈《めまい》がするほどの快感が押し寄せて、喘《あえ》ぐことさえできない。息をすることすら忘れてしまいそうなほど快感に溺《おぼ》れて――……

「あああ！　もっ、イっ……ああああ！」

真っ白に弾《はじ》けた。背が反り、つま先はピンと伸びる。腰は甘くとろけて、深くまで貫く楔《くさび》をきゅうと締め付けた。彼の形を鮮明に認識する。それを感じた瞬間、小さな絶頂がふたたび押し寄せてきた。

「はっ、俺も……くっ……」

切羽詰《せっぱつ》まった声と同時に、中にいる彼がドクドクと脈打つ。

「ん……厳さん……」

深く長いため息をつく彼の背に手を回して、引き寄せようと腕に力をこめた。

彼の頭が、私のむき出しの胸に乗る。激しい行為によって乱れた彼の髪がくすぐったい。

無言で抱き合う静かな時間。

いつもは彼が私を抱きしめてくれるけれど、今日は私が彼を抱いている。愛おしさに胸が熱くなった。

彼が苦しくないように恐る恐る腕に力を込めると、彼はそれに応《こた》えて私の腰を撫《な》でてくれる。先程までの嵐のような快感とは違い、穏やかな心地よさを感じる。

そうして抱き合っているうちに、荒かった息は整い、胸を突き破りそうだった鼓動も落ち着いた。

理性が戻ってくると、こんな場所でしてしまった罪悪感が押し寄せる。

「厳さんの意地悪」

なかば八つ当たりするように呟《つぶや》いた。胸のあたりからクス、と小さく笑う声が聞こえる。

「なんで？」

面白がっているのがはっきりとわかる口調だった。

「だって……ソファを見るたびに思い出しちゃいそうで」

「それがどうかした？」

「なっ！」

なんの問題もないと言われてしまって絶句した。いやいや、どうかするでしょ！　まずいでしょ！

「いいじゃないか。思い出せよ、何度も。俺とここで、こんなことをしたって」

「はぁ……んっ！」

巌さんは楽しそうに言いながら私の胸をぎゅっと揉《も》んだ。唐突《とうとつ》な刺激に高い声が口からこぼれる。

「な、なにするんですか！　巌さん、ふざけな……」

「ふざけてなんていないさ。ことあるごとに思い出せばいい。ああ、そうだ。なにを見ても俺を思い出すように……」

彼の愉快《ゆかい》そうな声に、嫌な予感がする。

「思い出すように……？」

おうむ返しすると、彼は顔を上げて私の目をまっすぐに見つめた。

「もっと色んな場所でしようか。キッチン、玄関、あ、ベランダもいいな……」

「な、なななななっ！」

とんでもないことを言い出す。

うっかり想像しちゃったせいで、頭の中は大混乱だ。体中がカッと熱くなって、顔から火が出そうである。

「へっ、変なこと言ってからかわないでください！」

「俺は本気だけど？　——きっとベランダなんかはスリルがあってイイ。ね、桃子」

甘い声に一瞬惚《ほう》けてしまったけれど、遅れてその過激さを理解し、すぐ我に返った。

「いっ、巌さんのバカ！　イジワルーッ！」

半泣きで叫ぶ私を見て、巌さんはさも愉快《ゆかい》そうに笑った。

――翌日、掃除しているときに、ソファの背もたれに小さな傷がついていることに気付いてしまった。あのとき、私が爪を立ててしまったせいだ。

修繕しないと、と思って、その日の夜、帰宅した巌さんに傷のことを告《つ》げたら……

「このままにしておきましょう。ね？」

と、にっこり笑った。そして、あろうことか……

「この傷を見るたびに貴女は昨夜のことや、私のことを思い出すでしょう？」

と、言ってのけたのだ。

ソファがそこにあるだけでも思い出しちゃうのに！　傷まで残っているなんて耐《た》えられない。

こっそり修繕依頼を出しちゃおうかな。

「桃子さん、今こっそり修繕してしまおうとか考えたでしょう？　そんなことをしたら……」

ぎゃ！　なんでバレたの！　焦《あせ》りを隠してごくりと唾《つば》を呑み込んだ。

「……したら？」

「お仕置きです」

彼は、スッと目を細めて笑う。

壮絶《そうぜつ》な色気と威圧感に気圧《けお》された私は、勝手に修繕したりしないことを肝《きも》に銘《めい》じたのでした。

◆
❈
◆

そんなことがあった日から数週間後。

私はソワソワしながら巌さんの帰りを待っていた。

「巌さん遅いなぁ」

少し遅くなると連絡はあったけれど……。意味もなく、ちらちらと時計を見てしまう。

こういうときって、時間の流れが遅く感じるよねぇ。ご飯の用意は終わっちゃったし、なにをして過ごそう？　そんなことを考えていたら玄関ドアの開く音がした。一瞬遅れて「ただいま」と、巌さんの低い声が聞こえてくる。

慌《あわ》てて立ち上がって、「お帰りなさい！」と答えながら玄関へ向かった。

「遅くなって申し訳ない。もう少し早く連絡すればよかったんですが……」

巌さんがあまりにすまなそうな声音で言うので、私は勢いよく首を横に振った。

「そんな。気にしないでください」

「しかし貴女の予定が狂ってしまったでしょう？」

「私は巌さんが帰ってきてくれるだけで嬉しいので、そんなこと思ったこともないです！」

正直なところ、仕事から帰ったあとは予定というほど大層な計画を立てて過ごしてない。晩ご飯を作ったり、洗濯物を畳《たた》んだり、お風呂を沸かしたり。多少時間がズレてもたいした影響はない。

料理ができ上がっていなくて、厳さんを待たせちゃうことになれば申し訳なく思うだろうけど、今のところそれもない。

「厳さん、今日は遅くまで大変だったんですね。終業時間直前にトラブルでもあったんですか？」

厳さんはいつも早めに連絡をくれる。でも今日は、一度連絡をもらったあとに、予定変更のメールが届いた。だから、今日はよっぽど大変だったんだろうなぁ、と思ったのだ。

「え？　……ええ。まぁ。そう、ですね」

彼らしくない歯切れの悪さ。

「もしかして、聞いちゃいけないことでした？　ごめんなさい」

仕事柄、秘密にしなきゃいけないことはたくさんあるだろう。

「いえ、そういうわけではないのですが……」

眼鏡《めがね》の奥で彼の目が居心地悪そうに揺れた気がした。

だが、それはほんの一瞬。次の瞬間にはもう元に戻っていた。

「桃子さん、今日の晩ご飯はなんですか？」

いつも通りのまっすぐな視線を向けられて、私は見間違いだったのだと納得した。

「メインは豚肉とナスの味噌炒めです！」

「なるほど。道理でいい匂いが漂《ただよ》ってるはずだ。楽しみです」

「すぐ温め直しますね」

なんの気なしにそう言うと、厳さんはまたすまなそうに顔を歪《ゆが》めた。

「申し訳ない。せっかく作ってくれたのに、冷めてしまったんですね」

「え？　やだ。気にしないでください！　……二度火を入れたら味が染みて、もっと美味《おい》しくなるかもしれないですよ？」

「貴女は優しいですね」

彼は困ったように眉尻《まゆじり》を下げ、小さく微笑んだ。

その顔がなんだかとても愛《いと》しくて、胸がきゅんと痛む。

いてもたってもいられない気持ちになり、彼のことをぎゅーっと抱きしめた。

「別に優しくなんかないですよ」

彼の胸に顔を埋めると幸せな気持ちになる。

「厳さん、厳さん」

「……なんですか？」

「幸せです」

えへへ。下を向いてデレデレした顔を隠しつつ、厳さんの温もりを堪能《たんのう》する。

私が、彼の腕ごと抱きしめているから、彼は身動きしにくいだろう。その点は申し訳なく思うが、たまには彼から反撃をくらわずに、ゆっくりとこの感触を味わいたいのだ。

そんなことを考えていたら——

「……ん？」

なにやらお尻のあたりで蠢《うごめ》くものが。さわさわと撫《な》でるそれは、どう考えても手の感触。

「なっ！」

私が気付いた途端、手の動きはよりはっきり、大胆《だいたん》なものに変わった。お尻の肉に食い込む長い指をくっきり感じ、腰のあたりがツキンと疼《うず》いた。

どうやら、腕ごと抱きしめるぐらいでは彼の動きなんて封じられなかったらしい。

「っ！　厳さん！」

彼の手をつかんで止める。咎《とが》めるように見上げると、彼は悪びれるでもなく逆に楽しそうに微笑んでいる。

「先に誘ったのは桃子さんです」

「誘っ!?　いや、私はじゃれついただけなんで」

「誘惑とじゃれるのと、その違いはどこに？　私は『誘惑された』と認識しましたが」

おうっ！　答えに窮《きゅう》する質問が飛んできた。

誘惑とじゃれるの違い？　うーん……。言葉が違う、発音も違う——なんて言っても通用しないよね。

「えーと、あの……。あ！　あれだ！　あれです！」

「あれ？」

「そう。あれです……あー……なんだったかな？　錯誤《さくご》？　そうだ！　錯誤《さくご》です、錯誤《さくご》！　民法の何条かは忘れちゃいましたけど、そういうのありますよね!?　錯誤《さくご》は無効！　無効ですっ！」

錯誤《さくご》というのは法律用語では確か、思っていたことと表現したことが一致しておらず、かつ本人に自覚がないときのことだったはずだ。

　巌さんの手を自分の腰から離そうと足掻《あが》きながら言うと、それまでびくともしなかった彼の手があっさり腰から離れた。

「……九十五条です。桃子さん、よく知っていますね」

　彼は目を見張ったあと、褒《ほ》めるように私の頭をポンポンと叩いた。

「最近、民法の入門書を読み始めたんです！」

　今まで法律には全然興味がなかったけれど、巌さんと結婚してから『彼が日々向き合っている法律ってどんなものなんだろう？』と思い始めたのだ。

「入門書？」

「はい！　巌さんがどんなお仕事をしているのか、ちょっとでもいいから理解したくて！　一番身近そうな民法から勉強してみようと思ったんです」

　守秘義務のある彼から仕事の話を聞いたことは一度もない。私も聞かないほうがいいとわかっているから尋ねたりしない。

　でも、少しだけでいいから彼の仕事を知りたくて、本屋さんで見かけた民法関係の本の中で一番簡単そうなのを選んで買ってみた。

　もともと本を読むのは苦じゃないんだけれど……

「でも、やっぱり私には少し難しくて。小説を読むようにはサクサク読み進められませんね」

「条文は独特な言い回しですし、それに用語も少々特殊《とくしゅ》ですからね」

「そう！　そうなんですよ！　さっきの『錯誤《さくご》』もそうですけれど、一般的に使われてる単語でも、法律関連で使われている場合はちょっと意味が違ったりしますよね。そこになかなか慣れなくて戸惑いました！」

いつの間にか甘い雰囲気は掻き消えていた。

巌さんの視線からも艶《つや》が消えて、その代わり優しさがにじんでいる。

彼からしたら私の言うことなんて、お話にならないくらい低レベルだろうに、馬鹿にしたりしなかった。頬には柔らかい微笑みが浮かんでいて、むしろ楽しそうだ。

ああ、巌さんのこういう顔、好きだな。胸のあたりがじんわり温かくなる。

「つまらない話をしてごめんなさい。晩ご飯、食べましょう？　すぐ用意しますね！」

我に返って振り返り歩き出そうとした途端、背後から抱きしめられた。

「つまらないなんて、そんなことあるわけがない。――嬉しいよ」

ギュッと抱きしめられた肩が熱い。

「ありがとう、桃子」

耳元でささやかれて、くすぐったさと同時に甘い戦慄《せんりつ》が走る。

呼び捨てで名前を呼ばれるのは嬉しいけど、急にされると心臓に悪い。

「でも、仕事や家事で忙しいのに、法律の勉強をするのは大変では？」

「暇な時間を読書に当てているだけなので大変ではないです。それに、私がしたくてしていることですから。趣味の一環ですよ、趣味！」

だから、厳さんが気を遣う必要なんてないんですよ。そんな意味を込めて告《つ》げると、ますます強く抱きしめられた。

「厳さん？」

「困ったな。嬉し過ぎてどうしたらいいかわからない」

彼の心臓の音が背中に響いてきそうなくらい、ぴったりと密着する。

「やだな、そんな大げさな」

「大げさではありませんよ。この前の誘惑もとても嬉しかったし、本当に桃子さんは私を翻弄《ほんろう》するのが上手い」

彼の言う『この前の誘惑』が、先日のセクシーランジェリーの一件だと気付いて、恥ずかしさに耳まで熱くなる。

「翻弄《ほんろう》とかしてないです！　全然！」

「無自覚なのがなんともズルいですね。――参ったな。法律にまで興味を持ってくれた人は今まで……」

厳さんは話の途中で唐突《とうとつ》に口をつぐんだ。

「……人は？」

不自然さが気になって先を促《うなが》すが、彼はふいと目を逸《そ》らしてしまった。

「なんでもありません。――それより、桃子さん。晩ご飯のあとは今日こそ一緒にお風呂に入りましょうね」

「おっ、お風呂ぉ!? なっ、そ、それはっ」

「ダメですか？ 結婚式の夜から、いつか一緒に入りたいと思っていたんです」

彼の拗《す》ねたような口ぶりに、私は頭をぶんぶんと振って拒否した。

「ダメです。ダメです。絶対ダメ！ きょ、今日はひとりゆっくり浸かって疲れを癒《いや》してください。そ、そそそ、そういうのは……しゅ、週末……」

「週末ならいいんですね？」

言質《げんち》を取ったとばかりに、ニヤリとする厳さん。墓穴《ぼけつ》を掘ったことを後悔しつつ、とりあえず今を逃げきるために私はこくこくと頷《うなず》いた。

上機嫌で着替えに行った厳さんの背中を見ながら、先ほどの彼の言葉を思い出す。

彼が言った『興味を持ってくれた人』の『人』が女性を指していたような感じがして、小さな棘《とげ》が刺さったみたいに胸がチクチクしていた。

厳さんは素敵な人だ。彼はお見合いのとき自分のことを『怖がられてばかり』と評していたけれど、そういう反応をする女性しかいなかったはずがない。外見だけでなく、中身もとびきり格好いいんだから、そうに決まっている。だから当然、誰かと付き合った経験だってあるはずだ。

わかってる……なのに、どうしてこんなに胸が痛むんだろう？

考え出すと、思考がどんどん嫌な方向に進んでいってしまう。

そう言えば、帰宅直後の彼の様子も、いつもとちょっと違っていたような。

誠実で嘘のつけない性格な彼が、あんなふうに目を逸《そ》らして話をはぐらかすのは違和感がある。

もしかして、なにか隠し事をしているんじゃ……!?

――やめやめ。彼がなんでもないと言っていたのだから、本当になんでもないことに決まっている。巌さんを信じなくてどうするの！

自分を奮い立たせ、ネガティブ思考を封じ込める。

そして、巌さんが着替えている間に晩ご飯の準備を整えるべく、急いでキッチンに向かったのだった。

◆ ❖ ◆

「そうだ！　忘れてた！」

巌さんと向かい合って夕食をとっていたとき、あることを思い出した。

「なにを？」

「あのですね。今日、お義姉《ねえ》さんと一緒にランチしたんですが……」

手にしていた箸《はし》とお茶碗《ちゃわん》を置き、居住まいを正して話し始めると、巌さんも箸《はし》を置いて話を聞く姿勢になった。

「イベントに誘っていただいたんです。来週の日曜日、一日お出かけしてもいいですか？」

「ええ、まぁかまいませんが。大丈夫ですか？　義理の姉と一日中一緒って気詰まりではありませんか？」

「気詰まりどころか、楽しみで仕方ないです！　巌さんにダメって言われたらどうしようかと」

「ダメだなんて言いませんよ。ところでそのイベントって、どんなイベントですか？　姉が誘ったということは、もしかして……」

たぶん、巌さんが想像しているソレは正しい。

「……はい。同人誌の即売会です」

お義姉《ねえ》さんに誘われたのが嬉しくて、思いきって話をしてみたものの、オタク趣味な内容なのでやっぱり引かれないだろうかと不安になる。

「だと思いました……。姉は、そういう活動を一時休止していましたが、とうとう復帰ですか」

「らしいです」

うんうんと頷《うなず》いたところ、彼は苦笑いしながら肩をすくめた。

「まぁ、打ち込める趣味があるのはいいことですからね。姉を見ているとそう思います。しかし、もし姉に無茶なことを言われたらきっぱり断ってくださいね。私はその日、用事があって遅くなるので、ゆっくり楽しんできてください」

「用事？　お仕事ですか？」

巌さんが働いているのに、私が遊んでいるのは心苦しい。

「いいえ。仕事ではないんです。少しばかり野暮用《やぼよう》が、ね。……それより、桃子さん。きっとその日は一日中忙しいのでしょう？　体調を崩さないよう、準備は万全にして参加してくださいね」

「はい！」

即売会なんていうオタク全開な話をしても、巌さんは嫌な顔ひとつせず、優しく私を気遣ってくれる。

巌さんがオタクに嫌悪感を持っていないのは、おそらくお義姉《ねえ》さんのおかげだろう。

お義姉《ねえ》さん。お義姉《ねえ》さんのおかげで巌さんと結婚できました。ありがとうございます。

心の中でお義姉《ねえ》さんを拝《おが》んだ。

◆　❖　◆

そして迎えた日曜日。

私は予定通り、お義姉《ねえ》さんとイベントに参加していた。

『以上をもちまして、オリジナル同人誌即売会『第十一回コミック・ホリック』を閉会いたします』

ざわめく会場に放送が流れる。撤収作業中の人も、片付けを終えて休憩《きゅうけい》している人も、各々《おのおの》の姿勢でその放送を聞いている。

『――ご参加、ありがとうございました！』

締めくくりのアナウンスに、会場のあちこちからパチパチと拍手が起こった。

「この閉会の挨拶《あいさつ》を聞くのが昔から好きなのよ。今でもあるのねぇ」

お義姉《ねえ》さんがしみじみとしている。彼女の言うことには私も同感なので、うんうんと頷《うなず》いた。

「主催さんの挨拶《あいさつ》と、この拍手がいいですよねぇ。ああ、終わったんだなってホッとするし、なんとなく一体感に包まれるというか、ほのぼのしますよね！」

お義姉《ねえ》さんが「そうそう！」と同意してくれる。

「花葵さん、久瀬さん！」

明るい声が響いた。

「ユリちゃん！」

「ただ今戻りました」

撤収作業があらかた済んだところで、ユリちゃんはこのあとの準備のために席を外していたのだ。

おどけて敬礼の真似《まね》をする彼女は、白地に青い小花柄がちりばめられたミモレ丈のワンピースを着ている。裾《すそ》のスカラップが丸くて可愛《かわい》い。

当初の予定ではお義姉《ねえ》さんと私の二人で参加するつもりだった。けれど、打ち合わせをしているうちに、やっぱりもうひとり、売り子が必要ということになったのである。

お義姉《ねえ》さんから「誰か手伝ってくれる人に心当たりない？」と聞かれたので、同人誌や即売会に詳しく、風鈴金魚ファンで、人当たりもいいユリちゃんを推薦《すいせん》したというわけ。

お義姉《ねえ》さんとユリちゃんは、私と厳さんの結婚式のときと、お義姉《ねえ》さんが直接入稿《にゅうこう》に来てくれたときに顔を合わせたことがあるだけだった。だから少し心配していたけれど、二人はすぐに意気投合していたので、私の心配は杞憂《きゆう》に終わった。

「ユリちゃん、今日はありがとうね。本当に助かったわ」

お義姉《ねえ》さんがそう言いながら立ち上がった。私もそれにならい、パイプイスを畳《たた》んで指定された通りに片付ける。

「いえ。こちらこそ一日楽しかったです」

若さゆえか、少しの疲れも見せず、ユリちゃんは溌剌《はつらつ》と笑った。

結果的に言えば、ユリちゃんに来てもらって大正解だった。十一時に一般開場してすぐ、私たちのスペースには行列ができたのだ。三人がフル稼働《かどう》で対応して、なんとか十二時過ぎには列も解消したけれど……

ユリちゃんがいなかったら、開会中はトイレに行くこともできなかっただろう。それくらい大盛《だいせい》況《きょう》だった。

「やっぱり風鈴金魚の人気は健在でしたね！」

「ありがたいことよね。こんなにたくさんの人に覚えていてもらえて嬉しいわ」

お義姉《ねえ》さんは、はにかむ。

美しい！　ついつい見惚《みと》れてしまった。

「あ、そうそう。花葵さん、久瀬さん、お店の予約が取れましたよ。そろそろ行きましょう？」

ユリちゃんは、とあるカフェに電話を入れるために席を外していたのだ。

イベント中は忙しくて昼食をとるタイミングを逸《いっ》してしまった私たち。

閉会後、遅めのランチ（というより早めの晩ご飯かな？）を一緒に食べに行くことにしたのだ。

今日は厳さんも遅くなると言っていたのでちょうどいい。

お腹と背中がくっつきそうなくらい腹ペコだ。ユリちゃんもお義姉《ねえ》さんも昼食を食べていないので、きっと同じだと思う。

片付けをすべて終えた私たちは、連れ立ってお店に向かった。

◆　❖　◆

駅から徒歩数分。大通りから少し入ったところにそのカフェはあった。フランス・プロバンスの田舎家風《いなかやふう》の内装で、程よく配置されている緑が心を落ち着かせてくれる。都心だというのに店内は広々として、席と席の間に充分な間隔《かんかく》が取られているのも心地よい。

お冷やおしぼりを持ってきてくれたウエイトレスさんにオーダーを告《つ》げたあとは、待ってましたとばかりにオタク話に花が咲く。

そうこうするうちに運ばれてきた食事は、お義姉《ねえ》さんと私がポパイサンドで、ユリちゃんはBLTサンド。香ばしい匂いが漂《ただよ》って、お腹がぐぐぅっと小さな音を立てた。

「じゃあ、早速いただきましょうか。二人とも今日はお疲れ様でした！　ありがとう」

「どういたしまして！」

「こちらこそ楽しかったです！」

アイスティーの入ったグラスを各々《おのおの》掲《かか》げて乾杯する。ひと口飲んで喉《のど》を湿らせ、いよいよサンドにかぶりついた。

「おっ……いしい……」

香ばしいパンの匂いと、しっとりしたほうれん草のうま味が口に広がる。がっつりジューシーなベーコンと、ふわふわのスクランブルエッグもはさまれている。マヨネーズの酸味がアクセントになっていて、頬がじんとするくらい美味《おい》しい！

「厳さんにも食べさせたいなぁ」

家で再現できるかな、この味。そんなことを考えていたら、視線を感じたので顔を上げた。

「え？　なに？　どうしたんですか、二人ともこっちを見て。私の顔になにかついてます？」

「違う違う！　厳は幸せねぇ」

「久瀬さん、相変わらずお熱いですね！」

最初は言われている意味がわからなかったんだけど、どうやら考え事が口に出ていたのだと気が付いた。恥ずかしい！

ひとしきりからかわれたあと、話題は他へ移った。

今度公開される、ライトノベルが原作の映画を見に行くかどうかに始まり、今クールで放送されている深夜アニメの感想、好きになるキャラの傾向に、最近いいと思ったＢＬの紹介。ここぞとばかりに語り合っていると、あっという間に時間が過ぎてゆく。

「久瀬さん、お願いがあるんですが……」

「なに？」

ユリちゃんが真剣な顔をするから、私も慌《あわ》てて居住まいを正した。

「これからは『桃子さん』って呼んでいいですか？　花葵さんは元『久瀬さん』だし、ちょっと紛《まぎ》らわしいかなって」

「うん！　ぜひ名前で呼んで！　私もそっちのほうがいいな。今よりもっと親しくなれる気がして嬉しい」

「よかった！　じゃあ、これからは『桃子さん』と呼ばせてもらいますね」

ユリちゃんと私のやりとりを、お義姉《ねえ》さんはニコニコしながら見守っている。

女同士のお喋《しゃべ》りって楽しいなぁ。

社会に出てからはあんまりこういう機会がなかったし、それも仕方ないかなと諦《あきら》めていたけれど、やっぱりもっとこんなふうに遊びたい。

ほう、と小さなため息をついて、何気なく窓の外を眺めた。

もうすぐ十七時。まだまだ日は長いので外は明るい。ただ沈んでいく陽が、あたりを少しだけ寂しく照らしていた。

道を行き交う人々はみな、足早にどこかに向かっている。

ぼんやりと見ていた雑踏《ざっとう》の中に、思いがけず見知った人の姿を見つけてしまった。

「あ……」

黙っていればよかったとあとで後悔したけれど、このときはそんなことを考える余裕はなかった。

硬直した喉《のど》が、勝手に声を上げたのだ。

見間違いだ。そう。単なる見間違い——そう思おうとした矢先……私の様子を怪訝《けげん》に思ったお義《ね》姉《え》さんとユリちゃんが、私の視線の先をたどった。

「あれ？　厳じゃないかしら？」

お義姉《ねえ》さんも気付いたようだ。

ああ、やっぱりあれは厳さんなんだ。お義姉《ねえ》さんが見間違えるはずないものね。

見間違いだと思いたかったな。他人の空似《そらに》だって思いたかった。

だって――

彼のそばには、とても綺麗《きれい》な女性が寄り添っていたんだもの。

長くてつやつやの髪が、暮れかけた陽にキラキラと輝いている。横顔は彫刻を思わせるほど整っていて、意志の強そうな目が印象的だった。

モデルのようにすらりとした長身に、シンプルだけれど仕立てのよさそうなスーツをまとっている。タイトスカートから伸びた足は細くて、ふくらはぎは女性らしい柔らかな曲線を描いている。

ああ、なんて綺麗《きれい》な人なんだろう。私なんて足元にも及ばない。そう思ってしまった。

「桃子ちゃん、どうしたの？」

女性に目が釘付けになっていた私を、お義姉《ねえ》さんが心配そうにうかがっている。

「もしかして桃子さん、あの女性について旦那さんからなにも聞いてないんですか？」

ユリちゃんはなにかを察したようで、少し険《けわ》しい顔つきになった。

「それは……。あ！　そうそう、今日は用事があるって言ってたし、お仕事なんだと思う。きっと事務所の人だよ」

二人に気を遣わせたくなくて、なるべく明るい声で言った。しかし内心では、先日の厳さんらしくない言動を思い出していた。

そんなふうに嫌な思考に陥《おちい》り始めていた私に、お義姉《ねえ》さんの言葉が追い打ちをかける。

「私が知る限りでは、事務所の人間じゃないわ。とはいえ、厳は器用なタイプじゃないし、ましてよからぬことをしでかしたりはしないと思うけど……」

厳さんが勤める弁護士事務所は、彼の両親が共同経営している。お義姉《ねえ》さんは事務所に、たまに差し入れを持って行ったり、簡単な手伝いをしに行ったりしているらしい。だから、間違いはないだろう。

——それなら、あの女性は誰なんだろう？

厳さんは先週、出かけることについて『野暮用《やぼよう》で』って言っていた。友達と出かけるなら、はっきりそう言うはずじゃない？

心にもやもやが広がり始めるけれど、慌《あわ》ててそれを掻き消してなんでもない振りをする。

「じゃあ、お友達ですよ、きっと。綺麗《きれい》な人でしたね！」

しかし、お義姉《ねえ》さんはそれでは納得しなかった。

「それにしたって、桃子ちゃんを心配させるなんて許せない。今すぐ行って問い詰めてやるわ！」

「ちょ、ちょっとお義姉《ねえ》さん……！」

勢いよく席を立ったお義姉《ねえ》さんをなだめ、なんとか落ち着いてもらう。

「今日帰ったら、私からきちんと厳さんに聞きますから心配しないでください。もっとも、大したことではないと思いますし。私は厳さんを信じているから大丈夫です」

厳さんを信じているのは本当。ただ、隣にいた女性があまりにも美人で、自分との差を感じて少しみじめな気持ちになってしまっただけだ。

「桃子ちゃんがそう言うなら、これ以上私が出しゃばるのはやめておくけど……。でも、ちょっとでも怪しいところがあれば、私にすぐ言いなさいね。こってり絞ってやるんだから！」

「やだなぁ。大丈夫ですよ、お義姉《ねえ》さん。厳さんが浮気とかそんなことするわけないじゃないですか。それより、ほら、サンドイッチ食べちゃいましょ！」

浮かべた笑みが自然に見えますように。そう願いながら明るく言った。

「そうね、わかったわ」

お義姉《ねえ》さんが頷《うなず》き、それで厳さんの話題は終わった。

私も食事に戻ったけれど、サンドイッチの残りのひと切れは少し味気なく感じた――

◆　❖　◆

「ただいま」

玄関を開けると、家の中はしんと静まりかえっていた。

どうやら厳さんはまだ帰宅していないみたいだ。

暗い廊下を突っ切ってリビングに入り、ソファにどさっと体を投げ出す。

なんとなく億劫《おっくう》で、明かりはつけなかった。それでもレースのカーテンの向こうから、弱々しい光が入ってくるから室内はうっすらと明るい。

その光に青白く照らされた天井をぼんやりと眺める。

「はああ、疲れた」

久々の売り子は緊張したし、忙しさに目が回ったけれど、でもやっぱり楽しかった。そのはずなのに気分が沈む。夕方の出来事で頭がいっぱいだ。

きっと巌さんに聞いてしまえばスッキリするだろう。『なんだ、そういうことだったのね』となるに決まっている。

でも……

もし、そうじゃなかったら？　例えば、苦々しい顔をして『人違いだ』なんて言われてしまったら？

臆病《おくびょう》な心が真実を確かめたくないと駄々《だだ》をこねる。

「ただいま」

遠くから巌さんの声が聞こえて、私は慌《あわ》てて居住まいを正した。だらーんと寝っ転がった姿は見せたくない。

「桃子さん、ただいま。もう帰ってたんですね」

巌さんの口調は普段と変わらない。

「……お帰りなさい！」

対する私は動揺を隠し切れなくて、変に声が掠《かす》れた。

「どうしたんですか、明かりもつけないで」

パチンというスイッチの音とともに、部屋がぱっと明るくなる。

巌さんが心配そうな顔で私を見ている。その顔にいつもと違う雰囲気が混じっているんじゃないかと探ってしまう。

そんなふうに勘ぐる自分にうんざりした。もう、こんなこと考えるのはやめよう。考えたって暗くなるだけでなんの解決にもならない。

私は無理矢理気持ちを切り替えることにした。

「私も今帰ってきたばっかりなんですよ。ちょっと疲れちゃったんで、明かりをつけるより先に休憩《きゅうけい》してました」

あはは、と笑って答えたら、巌さんは眉《まゆ》をつり上げた。

「まったく、あの人は！　桃子さんがこんなに疲れるまでこき使うなんて！」

「違うんです！　こき使われてなんていないんです！　久々にイベントに参加してすごく楽しかったから、それではしゃぎ疲れちゃって」

慌《あわ》てて否定したけれど、巌さんの視線は『どうせ姉さんを庇《かば》っているんだろう。そのぐらい知っている』と言ってる。

いや、本当に違うんだけど、な……

「桃子さん、少し顔色が悪いですね。大丈夫ですか？」

「え？　そんなにひどい顔してますか？　やだな、恥ずかしい」

おどけて言ったけれど、厳さんは険《けわ》しい表情のままだ。

そんなにひどいのかな？　私は頬を手で覆《おお》ってみる。

「貴女は休んでいてください。今、風呂の用意をしますから」

厳さんはそう言いながら、私をひょいと抱き上げた。驚いて「わっ！」と声を上げると、彼は悪《いた》戯《ずら》が成功して嬉しいと言わんばかりの笑みを浮かべた。

「厳さんっ！　大げさです！　下ろしてください。ソファでちょっと休んだら私が準備を……」

彼は私の訴えに聞く耳を持たず、すたすたと寝室へ向かう。

「なにを遠慮《えんりょ》してるんですか。こんなに青い顔をして。無理は禁物《きんもつ》ですよ」

私をベッドに横たえた彼は、私の頬をするりと撫《な》でた。

ああ、厳さんはこんなに優しいのに、どうして私は彼を信じきれないんだろう。なんで単刀直入に今日のことを聞いてしまえないんだろう。胸が苦しくて、ブラウスの胸のあたりをぎゅっと握りしめた。

「ああ、そうだ。忘れてた。――お帰りなさい、桃子さん」

彼の唇が私の頬に触れた。

「えっ!?」

「なにを驚いてるんですか？　お帰りのキスですよ。一度、私からもしてみたかったんです」

言われてみれば、お帰りのキスはいつも私からしている。朝の行ってきますのキスはいつも厳さんからだから、なんとなく夜は私からしたくてがんばっていたのだ。

「いつだって厳さんからただいまのキスをしてくれてもいいんですよ」

照れ隠しにひねくれたことを言うと、彼は気を悪くしたふうもなく、今気が付いたかのように笑った。

「それもそうですね。じゃあ、明日からはお帰りのキスをしようとする貴女と、ただいまのキスをしたい私とで攻防戦が始まるわけだ」

厳さんは悪戯《いたずら》っぽく言う。

「それでいくと朝も戦いになりそうですね」

軽口に乗ったところ、彼は楽しげに「違いない」と噴き出した。

二人で笑い合っているうちに、昼間の女性のことを気にするのはやめようと思えてきた。だって、このほのぼのした温かい雰囲気を壊したくないもの。

「さて。じゃあ私はお風呂を沸かしてきますから。準備ができるまで大人しく寝ていてくださいね。手伝うなんて言って起きてきたり、手持ち無沙汰《ぶさた》だからと読書を始めたりしないこと。いいですね」

「うっ！　よく私の行動をわかってらっしゃる……」

「当然です。私は貴女の夫ですから」

厳さんはこんなに優しい。大丈夫。きっとあの女性とはなんでもない。なにか私に言いにくい事情があったに違いない。そうだ。絶対にそうだ。

ひとりになったベッドの中で、私は大丈夫と繰り返す。

「でも……あの人、綺麗《きれい》だったなぁ」

ちらりとしか見ていないけれど、その一瞬で目に焼き付くくらいの美貌《びぼう》だった。

大人の落ち着きがあって、スタイルがよくて……ほっそりした足や腰が羨《うらや》ましい。

それに引き換え、私は？

むちっとした太腿《ふともも》に、ぷよぷよした二の腕。ウエストだって……。大きいお尻もコンプレックスでしかない。

そう言えば、今ベッドに運んでくれたときだって、いつもだったらもっとイチャイチャする流れなのに、さっきの厳さんはちょっと素っ気なかったような？　もしかして私が太ったから、その気にならなかったとか？　……いやいや、気のせいだよね!?

うーん……でもやっぱり、気のせいじゃないのかもしれないなぁ。私を抱き上げたとき、いつもより重そうにしていたような。

しかも彼を放って嬉々《きき》としてオタクイベントに参加したり、さらには疲れ切って帰ってきた上にお風呂の準備までさせてしまうなんて。呆《あき》れられちゃったかなぁ。

でも厳さんはそんなことで嫌ったりする人じゃないよね。そうわかってはいても、やっぱり心配……

ネガティブな思考に陥《おちい》ってしまうと、どうしても抜けられない。今さらオタクをやめるなんてできないから、せめて……

「ダイエット、しようかなぁ」

痩《や》せたからって、あの人みたいに綺麗《きれい》になれないのはわかってる。

けれど、好きな人に少しでもよく思われたい気持ちは止められないのだった。

◆ ❖ ◆

翌日から早速ダイエットを開始した。

運動は苦手だから、食事制限をすることに。

とはいえ朝ご飯を抜くと力が出ないので、始めるのはお昼から。

今日はコンビニで買ったグリーンサラダが主食。デザートにはグレープフルーツ半個を食べやすい大きさにカットして会社に持参している。

「あれ!?　桃子さん、お昼ご飯それだけですか？　どこか具合でも悪いんですか？」

「違う、違う！　ちょっとダイエットしようかと思って」

さすがにユリちゃんは目ざとい。

「あんまり無理しちゃダメですよ。体に悪いし、肌もボロボロになるし……」

「大丈夫、大丈夫。辛いのは嫌いだから、そんなハードなダイエットなんてしないよ」

「本当に～？」

ユリちゃんは案外疑り深い。

「ほんと、ほんと！」

「ぜーったい無理はしないでくださいね。桃子さん、肌が綺麗《きれい》なんですから、荒らしたらもったいないですよっ！」

びしっと指を突き付けられて、その迫力に狼狽《うろた》えた。

「そ、そうかな……？　肌なんて普通だよ」

「なに言ってるんですか。まったく！　世の女性が、綺麗《きれい》な肌をキープするためにどれだけ努力しているると思ってるんですか！」

「ユリちゃん、ちょっと怖いよー」

冗談めかして言ったつもりだったのに、浮かべた笑みはひきつってしまった。

「ごめんなさい。つい興奮しちゃって」

ユリちゃんがぺこりと頭を下げる。その仕草がなんとも可愛《かわい》らしくて、ほっこりした。

シンプルなワンピースから伸びるユリちゃんの手足は細くて白い。キュッとくびれたウエストには、きっと贅肉《ぜいにく》なんて少しもないんだろうなぁ。

私がユリちゃんぐらい可愛《かわい》らしくてスタイルもよかったら、些細《ささい》なことで落ち込むこともなかったのかな。

ああ、ダメダメ。こんなこと考えちゃダメだ。余計落ち込んじゃうもの。

気にしないって決めたのに、ことあるごとに思い出してしまう。思っていた以上に大きなダメージを受けてしまったみたいだ。

「そう言えば、昨日のあの件。旦那さんに聞いてみました？」

「あの件？」

ユリちゃんがなんのことを言っているのか察していたのに、私はわざと聞き返した。気にしていることを悟《さと》られるのが嫌だったから。そんなことをしたって意味ないのに、ね。我ながら自分の不《ふ》甲斐《がい》なさが嫌になる。

「その……昨日、カフェで食事をしているときに旦那さんを見かけたでしょう？」

心配そうな口調と視線。ユリちゃんが私のことを気遣ってくれたので、チクリと心が痛んだ。けれど、その痛みは無視して笑顔を作る。

「ああ、そのこと！　あの場ではびっくりしちゃったけど、よく考えてみたら、たいしたことじゃないなって思って。別に問い質《ただ》すほどのことでもないでしょ？」

あはは、と笑い飛ばした。

「えーっ！　どうしてですか!?　そういうことはハッキリ聞いちゃったほうがいいですよ、絶対！」

ユリちゃんはすごい剣幕《けんまく》で詰め寄ってくる。

「え？　あ……うーん。そういうもの、なの……かな？　あはは」

私はへらへらと笑って曖昧《あいまい》な返事をした。

彼女はもの言いたげな顔をしていたけれど、それ以上追及しないでくれた。

◆
❖
◆

ダイエットを始めて十日と少し。

最初は辛かった空腹にもだんだん慣れてきた。

ちょうど痩《や》せやすい時期だったのか、最初の数日は体重が面白いように減っていった。それが楽しくて、どんどん食事の量を減らすことに。その分だけ早く痩《や》せられる気がしたから。

しかし食事を抜いたら逆に太ると聞くので、一日三食とるようには心がけている。

厳さんに心配をかけたくないと思って、あの手この手で晩ご飯を減らしていることを誤魔化《ごまか》していた。だが、そろそろ言い訳も難しくなってきている。早く目標体重を達成したいのに……

「なんで減らないの？」

仕事から帰り、夕食をとって入浴を済ませた私は、脱衣所で体重計に乗っていた。表示された数字を見て、深々とため息をつく。明日の土曜日は、厳さんとデートの約束をしている。せっかくのデート、少しでも痩《や》せた姿でその日を迎えたいと思うけれど――この三日間、体重が減らない。そういう時期なのだろうと頭では理解しているけれど、どうしても焦《あせ》りが先に立つ。

厳さんが早く帰ってきてくれるのは嬉しいのに、一緒に食事をするとなると言い訳に困るため、ついつい帰りは遅くてもいい、なんて思ってしまう。そんな自分が嫌で、ますますダイエットを早く終わらせたいと焦《あせ》って……悪循環にはまっている。

だから、こんなダイエットはやめようって何度も思った。

でも、そう思うたびに、あの日、厳さんに寄り添っていた女性の姿が頭にちらつく。

あの人みたいにほっそりした体型になりたい。細くて綺麗《きれい》な足、くびれたウエスト。そして慎《つつ》ましくて女性らしい丸みのある腰。

厳さんの好みはああいう人なのかな。私みたいな恋愛経験に乏《とぼ》しいオタクじゃ、あんな綺麗《きれい》な人には太刀打《たちう》ちできないよ。

同じオタクでも、ユリちゃんとお義姉《ねえ》さんは綺麗《きれい》で優しくて、人付き合いも上手い。あの女性と並んでも、なんら見劣《みおと》りしないだろう。

羨《うらや》ましい。綺麗《きれい》になりたい。そうして——自分に自信を持ちたい。胸を張って厳さんの隣に立てる自分になりたい。

慢性的な空腹のせいか、胃のあたりがぎゅっと痛くなった。

「そうだ、洗濯物畳《たた》まなきゃ」

いつまでも体重計とにらめっこしてたって状況は変わらない。それに、答えの出ない難しいことを考えるのは疲れる。

思い悩むのはやめて、自分のしなきゃいけないことをしよう。

そう考えながら体重計をしまい立ち上がると、くらっと眩暈《めまい》がした。けれどそれは、ほんの一瞬のこと。気のせいだと自分に言い聞かせ、洗面所をあとにした。

洗濯物を畳《たた》み終わり、かけ時計を見ると、針はもう十一時をさしていた。

厳さんはまだ帰ってこない。夕方頃『今日は友人と呑みに行ってきます。遅くなるので先に寝ていてください』とメールが入ったきり。きっとまだ盛り上がっているんだろう。

友だちって、誰だろう？　伊月さん？　同じ事務所の人？　それとも……？

嫌なことばかり考えてしまいそうで、私は慌《あわ》ててかぶりを振った。

「寝ちゃおうかな」

食事制限をすると体重が減るのは嬉しいけれど、疲れやすいのは困りものだ。ちょっと動くだけで息切れがする。

畳《たた》んだ洗濯物を片付け、戸締まりを確認してからベッドに潜《もぐ》り込んだ。

冷たいシーツやしんとした室内に否応《いやおう》なく寂しさを感じる。

なんでこんなにマイナス思考なんだろう？　私って前からこんなに悲観的だった？

答えは出ないまま眠りに落ちた。

◆　❖　◆

——どれくらい寝ていたのだろう。ドアの閉まる音で目が覚めた。廊下を歩く足音も聞こえる。

ああ、これは厳さんの足音だ。そう思った途端、安堵《あんど》のため息が漏《も》れた。家にひとりでいるのはやっぱり心細い。

お帰りなさいが言いたくて、むくりと起き上がったところで、寝室のドアが開いた。

「巌さん、お帰りなさい」

「ただいま」

いつものようにキスをするため、彼に駆け寄り首に抱きつくと、アルコールの匂いが鼻を掠《かす》めた。

生真面目《きまじめ》な巌さんがお酒の匂いをまとっている。それがやけになまめかしく感じられて、胸が高鳴った。ストイックな人が見せる色気ほど強烈《きょうれつ》なものはない。

「どうやら起こしてしまったようですね。申し訳ない」

「ううん。いいんです。巌さんにお帰りなさいを言えてよかった」

「またそんな可愛《かわい》いことを言う」

ギュッと抱きすくめられると、視界は彼でいっぱいになる。

ダークグレーのスーツに、深い青のネクタイ、そして真っ白なシャツ。肌触りのいい布越しに彼の鼓動が響いてくる。

広い背に腕を回してギュッと抱きつくと、彼の鼓動がいっそう近くに聞こえた。

ああ、やっぱりここが一番居心地いいなぁ。

うっとりと温かさを堪能《たんのう》していると、彼の手が私の体を撫《な》で始めた。その優しい手つきに、体がゆっくりと熱くなっていく。

けれど、途中で彼の手がぴたりと止まった。

どうしたんだろう？　不思議に思って顔を上げると、眉《まゆ》をひそめる巌さんと目が合った。

「桃子さん、体調が悪いんじゃありませんか？」

「え？　別にそんなことはないですけれど……」

「それに少し痩《や》せた？」

「……最近太ったので、ちょっとダイエットを……」

下手に嘘をついてもバレそうなので、正直に答えた。深く追及されないといいなぁ、と思いながら。

「ダイエット？　そんな必要ないでしょう？　今のままでいい」

「今のままで？」

「ええ。今のままの貴女がいい。数日前から貴女の顔色が優《すぐ》れないことは気付いていたんですが、今日に至っては真っ青ですよ。そんなに無理して痩《や》せる必要などありません」

きっぱり言い切る巌さん。でも私はその言葉が信じられない。だって、結婚式直後と比べてお腹まわりの贅肉《ぜいにく》は増えたし、お尻は大きいままだし、二の腕だってたぷたぷで……

「やだなぁ、無理なんてしてませんから」

あはは、と笑って答えた。

けれど、彼は胡乱《うろん》な目つきのままだ。

「本当に？」

念を押してくる彼の顔つきが非常に怖い。思わずあとずさりするが、背後の壁に当たってしまう。

私の逃げ道を塞《ふさ》ぐように、彼は私の顔の両側の壁に手をついた。

「こんな顔をして」

「こ、こんな、って……どんな？」

「自覚がないんですか？」

自覚と言われても。ちょっと疲れているだけで、いつも通りだしなぁ。厳さんの言わんとすることがピンとこない。

首をひねる私の頬を、彼の指がゆっくりと撫《な》でた。

「仕方ないな」

呆《あき》れたようなため息に、責められている気がした。

「だ、大丈夫ですって！　それより、ほら。もう寝る仕度《したく》をしないと。明日はデートなんですから！」

「中止しましょう」

「え？」

「デートは中止しましょう」

険《けわ》しい顔をした彼が告《つ》げる。

「そんな！」

「明日は一日ゆっくり休んでください」

取り付く島もない言いように、反発心がむくむくと湧《わ》き上がった。

「横暴《おうぼう》です！　楽しみにしてたのに……」

唇を尖《とが》らせて言うと、ぎろりと睨《にら》まれた。

眼鏡《めがね》をかけていても誤魔化《ごまか》しきれない鋭い視線が私を射貫《いぬ》く。その迫力に気圧《けお》されてごくりと喉《のど》が鳴った。

「私も残念です。信じてもらえるかどうかわかりませんが、私だって楽しみにしていたんですよ。最近忙しくて貴女とゆっくり過ごせていなかったから」

「だったら……」

行きましょう、の言葉は厳さんに遮《さえぎ》られた。

「いい加減にしなさい！」

「ッ！」

雷みたいに鋭い叱咤《しった》。驚いて、びくりと肩が震えた。

「なんで貴女はそう自分を大切にしないんだ！　そこに座りなさい」

彼は私の手を取った。乱暴に引っ張られて、ベッドに連れて行かれる。彼に握られた手首が痛んだ。

厳さんの全身から怒りのオーラがにじみ出ている。彼がこんなに怒るところを見たのは初めてだ。すごく怖い。手の先が痺《しび》れたようになり、背中を冷たい汗が滑《すべ》り落ちた。

「やっ！」

口から拒絶の言葉がこぼれたのは恐怖のせいだ。

「離して！　痛いっ」

悲鳴《ひめい》のような声を上げた途端、彼ははっとして私の手首を離した。

「――悪い」

後悔と苛立《いらだ》ちの狭間《はざま》を彷徨《さまよ》っているような、そんな低い声。

「だが、明日一日はゆっくり休んでもらいたい。これだけは譲れない」

でも、と反論するより先に厳さんがまた口を開いた。

「とりあえず、ここで休んでいなさい」

「でも！　厳さんのお風呂の準備……」

言いながら、ベッドから立ち上がろうとする。

「反論は聞かない。いいからそこに座っていろ」

静かだけれど有無《うむ》を言わせない迫力に満ちた声。彼が私に対して敬語で話さないのは、感情が高ぶっているときだ。怒っているときとか……エッチの最中とか。そういう場合は私の名前を呼び捨てにもする。

私は渋々だけれど、彼の言う通りにしようとした。

でも、軽い眩暈《めまい》がして動きを止めてしまう。

「桃子。やっぱり具合が悪いんじゃないか！」

目ざとい厳さんにしっかり見られていた。

「これは……ブ、ブラジャーのせいです。うっかりつけたまま寝ちゃって……血行が悪くなってたのかな」

我ながら苦しい言い訳だ。笑って誤魔化《ごまか》そうとしたけれど通用せず、厳さんは怖い顔をしたまま腕組みをしている。慌《あわ》ててベッドに座り、ほら言う通りにしましたよ！　と目で言うと、彼は大きなため息をついた。

「なにが『無理していません』『大丈夫です』だ。全然大丈夫じゃないだろうが！」

「……ごめんなさい」

さすがに、なにも反論できない。

「おおかた立ちくらみでもしたんだろう？　ブラジャーのせいだって？　だったら今すぐ外せ」

抵抗する間もなく、背中に手が差し入れられた。

「いいいいっ、厳さん⁉」

「体を締め付けていたら、辛いんだろう？」

なにを驚いているんだと言わんばかりの顔で見下ろされ、慌《あわ》てている間にブラのホックが外された。なんて器用なの！

そんな些細《ささい》なことにさえ、慣れてるんだ……と女性の影を感じて気分が落ち込む。

彼が過去に付き合った女性たちのことが気になって仕方ない。きっとあの日見た女性みたいに、綺麗《きれい》な人たちばかりに違いない。

だから、少しでも理想に近付きたいと思った。

なのに、どうして私は……こんなふうに厳さんを怒らせたり、呆《あき》れさせたりしてしまうんだろう？

なにが悪かったの？　どこで間違ったの？　どうしたらいいの？

答えの見つからない問いが、思考の鈍った頭の中をぐるぐる回る。

「ほら、早く横になれ。いいか？　この場所から絶対に動かないこと。俺を手伝おうとしたら、そのときは……」

「その……とき、は？」

「あとで散々後悔させてやる」

ぎろり、と睨《にら》まれた。私は「はい」と小さな声で答えて身をすくませた。

でも彼が私を寝かせる手つきは優しい。巌さんは私の体に布団をかけると、無言で立ち上がった。

「あの！」

咄嗟《とっさ》に彼の袖《そで》をつかんだ。目を見開いた彼は、私の顔と、袖《そで》をつかんだ手を交互に見やる。

「もう少し、一緒にいて」

なにかを打ち明けたかったわけじゃない。ただ、置いていかれそうな気がして不安になったのだ。

「わかりました。じゃあ、もう少しだけ」

彼は床に座り、寝そべる私に寄り添う。

口調はもう敬語に戻っていて、そのことにとてもホッとする。よかった、少しは怒りが収まったみたい……

巌さんは、彼の袖《そで》をつかんだままだった私の手をそっと外すと、それをギュッと握った。絡《から》んだ指先から彼の熱が伝わってくる。

「ねぇ、桃子さん。どうして貴女はこんな無茶をしたんですか？　まさか、結婚式前のダイエットもこんなふうに……」

「違います！　あのときは時間があったから……」

「時間？　今回は時間がないから無理なダイエットをしたと？」

失言をしっかり拾われ、痛いところを突かれた。私の真意を探るようにじっと見つめられるが、視線を彷徨《さまよ》わせるしかない。いかにもやましいことがあります、と言わんばかりの態度だけれど、彼の目を見返して知らぬふりを決め込めないのだから仕方ない。

「桃子さん、答えてください。どうして今回は時間がないのですか？」

「それは……」

特に期限なんてない。ただただ早く痩《や》せて、そうしてあの女性の影を振り切りたかっただけ。

でも、言えないよ、そんなこと。

だって、あの女性が厳さんとどんな関係なのか聞くことになっちゃうもの。それが怖くて逃げていたのに。もし厳さんが『元カノです』なんて言ったら？　私はそれに耐《た》えられる？　厳さんは素敵な人だもの、当然、過去に恋人だっていただろう。それはわかっているけれど、でも実際に元カノの存在を突き付けられても平気でいられるかどうかは、また別の話だ。

「桃子さん？」

「――言いたくない、です」

「しかし私は、桃子さんをそんなに追い詰めた要因を放置するつもりはありません」

「どうしてそんなに優しくしてくれるんですか……」

勝手に嫉妬《しっと》して、悩んで、暴走して。呆《あき》れられても仕方ない状況なのに。勝手にしろ、ってそっぽ向かれたって当然なのに。なのに、どうして？

我知らず口からぽろっとこぼれた問いかけは、彼を不快にさせてしまったようだ。彼の眉《まゆ》がピクリと動いた。

「どうして？　そんなの決まっています。私が貴女の夫だからですよ。――いや、違うな。私が貴女を愛しているからですよ。桃子さんはがんばり屋でひたむきだ。それは美点だけれど、逆に欠点でもある。過ぎたひたむきさは貴女自身を傷付けてしまう。なのに貴女はそれに気付かない。だから私が補いたいんだ。貴女が傷付かないように」

床に座っている厳さんとベッドに寝そべっている私。いつもより目線が近い。間近で見つめ合って彼の目の奥を探っても、そこに嘘は見つからない。

聞いてもいいんだろうか？　あの女性のことを。

話してもいいんだろうか？　悩んでいることを。

「貴女が話してくれるまで、私は絶対に諦《あきら》めませんよ。――さぁ、観念して話しなさい」

彼の唇が私の耳に触れるほど近くでささやく。

苛立《いらだ》つでも責めるでもなく、すべてを包み込むような優しい響きに、頑《かたく》なだった私の心は少しずつ崩れ始めた。

それと同時に苛立《いらだ》ちがせり上がってくる。今、口を開いたら、きっと感情に任せて一番気にしていることを聞いてしまいそうだ。

そうとわかっているのに、心の中に湧《わ》き起こった感情を制御《せいぎょ》できない。私はなかば自棄《やけ》になっていた。私はまともに彼の顔を見られず、ぎゅっと握った自分の拳《こぶし》を睨《にら》んだ。

「厳さんだって……私に黙っていること、あるんじゃないですか？　嘘をついてないって言えますか？　あの日だって……、わ、わたし、あの日っ、見た……んです、からっ！」

冷静に話す余裕なんてなかった。話しているうちに感情がどんどん抑《おさ》えられなくなっていく。

泣きたくないのに、目にはみるみる涙がたまって、それをこぼさないように瞬《まばた》きを堪《こら》える。嗚咽《おえつ》を抑《おさ》えるために力を入れたお腹が小刻みに震える。

――ああ、最悪だ。

真相を確かめる勇気も持てないで見ないふりをして、挙句《あげく》の果てに急に怒りを爆発させるなんて。

彼に好かれたくて、彼に相応《ふさわ》しくなりたくて、だからダイエットしようと思ったのに。

こんなんじゃ、愛想《あいそ》を尽かされるに決まってる。

私、なんてことを言っちゃったんだろう。後悔が胸を苛《さいな》む。

とうとう涙が溢《あふ》れてしまって、布団にシミが広がっていく。私はじっと彼の言葉を待った。

「嘘？　あの日……？　なんのことを言っているんですか？　私は貴女を裏切るようなことはひとつもしていません」

きっぱりとした彼の言葉に、また感情が昂《たかぶ》ってしまった。

カッとなった勢いのまま体を起こす。彼に向き合うと、糾弾《きゅうだん》の言葉がこぼれていった。

「そんなの嘘です！　私がお義姉《ねえ》さんとイベントに出かけたあの日、厳さんは『野暮用《やぼよう》』で遅くなるって言ってましたよね？　野暮用《やぼよう》っていったいなんだったんですか！　どうしてあんな綺麗《きれい》な人と一緒に歩いてたんですか！　どうしてそれを私に黙ってたんですか！　うしろめたいことがあるから、だから野暮《やぼ》用《よう》だなんて曖昧《あいまい》なことを言ったんじゃないんですか！」

「それは……」

厳さんは一瞬はっとした顔をして、その後、気まずそうな表情を浮かべた。

歯切れの悪い彼の言葉がいたたまれなくなり、私は視線を逸《そ》らした。物悲しい脱力感が襲ってくる。

でも、言葉は止まらない。

「あの方と厳さんが並んでると、すごくお似合いに見えたんです。それに引き換え、私はこんなに地味で平凡で……それにオタクだし、空気は読めないし、人付き合いも下手で、いっつもドジってばっかり。あんな素敵な人になんて敵《かな》いっこないなって思ったんです。だけど、たとえ厳さんの好みが完璧な美女でも、私は厳さんが大好きだからどうしてもそばにいたくて、少しでも釣り合うようになりたくて、痩《や》せたらちょっとは見栄《みば》えもよくなるかなって思って……それで……」

我ながら情けなくなってきた。だんだん声がしぼんでいく。

ダイエットをしろって言われたわけでもないのに、自分で勝手に無理をして、体調を崩して。挙《あげ》句《く》に心配までかけて。見た目をよくする云々《うんぬん》より先に、もっとやらなければならないことがあったんじゃないの？　考え方の未熟な自分が恥ずかしくて仕方ない。

「バカ！」

「いたっ！」

額《ひたい》をこつんと軽く叩かれた。

悲鳴《ひめい》を上げたけれど、実際はそんなに痛くない。どちらかと言えば驚きのほうが大きかった。

「今日という今日はもう我慢ならない。少しは自分を信じろ。俺は君を選んだんだ。他の誰でもなく、ただひとり、君がいいと思った。君とならこの先ずっと一緒にいたいと思った。君しかいらない。完璧な美女？　それがどうした。そんなヤツはいらん。がんばり屋でひたむきで、何事にも全力投球で、素直で、そしてオタクな君を愛してるんだ。俺の言っていること、わかるな？」

迫力に気圧《けお》されてこくこくと頷《うなず》くと、彼はため息をついて目を伏《ふ》せた。まつげの影が落ちた彼の目元が寂しげに見えて、胸がずきりと痛んだ。

「なのに、君は君を信じられないと言う。それはつまり、君を選んだ俺のことも信じていないということだ。そんなに俺を信じられない？」

「ちが……」

否定しようと口を開くが、彼の言葉に遮《さえぎ》られた。瞳の奥に隠した思いさえ見透《みす》かすようなまっすぐな視線が、私に突き刺さる。

「どこが違う？　君は、君自身や俺を信じられず、こんな……」

彼は途中で言葉を途切れさせた。しまったと言いたげな顔をして口元を手で覆《おお》っている。

「ああ、すまない。これは完全に八つ当たりだな。今回の件は君に黙って出かけた俺が悪い。誤解を生むような行動をして、君に余計な心配をかけた。申し訳ない」

巌さんが深々と頭を下げた。

「格好をつけようとして君を不安にさせていた自分が情けない。本当は明日一日、秘密にしておきたかったんだが、誤解されたままでいるよりはバラすほうがマシだ」

なに？　なんのこと？

疑問符を頭に浮かべる私の頬を軽く撫《な》でながら、彼は拗《す》ねたように唇を尖《とが》らせた。

「もっとスマートに成功させたかったのに」

「え？」

なんのことやら、さっぱりわからない。

「桃子さん。まず初めに質問です。明後日《あさって》はなんの日ですか？」

「明後日《あさって》？　明後日《あさって》って……」

なにかの記念日だったかな？　えーと。なかなか思い出せず、時間だけが過ぎていく。もう降参しようかと思った矢先、ようやく気付いた。

「あっ！　私の、誕生日？」

「そうです」

自分のことなのにすっかり忘れていた。本人さえ忘れてしまっていたことを巌さんが覚えていてくれたのが、すごく嬉しかった。

「桃子さん、ちょっと待っていてください」

巌さんはそう言い置いて寝室を出て行った。一分も経《た》たずに戻ってきた彼の手には小さな箱が乗っている。

「二日早くなってしまいますが……私からの誕生日プレゼントです」

手渡されたのは、パールの光沢を持つ白い小箱。ココアブラウンのリボンで上品にラッピングされている。

「開けてみて」

促《うなが》されるまま、小箱を飾るリボンを解き、そっと開けた。

「これは……」

箱の中には赤紫色に光る石。ラウンドカットされたその石を取り囲むように、蔦《つた》を模した装飾が施《ほどこ》されている。

可愛《かわい》いけれど落ち着いていて上品な……とても素敵なネックレス。

メインの石はアメジストにも似ているけれど、でももっともっと赤みを帯《お》びている。静謐《せいひつ》と情熱、相反する二つが混じり合ったような不思議な色合いで、見つめていると吸い込まれそうになる。なんの石だろう？　と首をかしげると、彼は穏やかに微笑みながら答えてくれた。

「アレクサンドライトです。明日の朝になったら、陽の光の下で見てみてください。綺麗《きれい》な青緑に光りますよ」

「アレク……サンドライト……」

驚いて呆然とする私の髪を、巌さんが優しく撫《な》でた。

「誕生日おめでとうございます、桃子さん」

「あ……ありがとう、ございます」

嬉しさと混乱でパニックの極みだ。その混乱は声にも影響していて、お礼さえつっかえつっかえになってしまった。

「すごく……嬉しいです」

ペンダントトップを恐る恐る指でなぞった。

こんなに素敵なジュエリー、私がもらっていいの？　なんて気持ちが湧《わ》いてくる。

「以前、桃子さんが言っていたでしょう？　アレキサンドライトが好きで、いつか綺麗《きれい》に色が変わる天然のものを手に入れたいって」

アレキサンドライトは、陽の光のもとでは青緑に、人工の光の下では紫を帯《お》びた赤に変わる石だ。珍しい石で、綺麗《きれい》に色が変わる天然ものは入手困難なのだ。

「あんな雑談を覚えていてくださったんですか？」

「もちろん。あの話を聞いたときから、貴女の誕生日にはこの石を贈《おく》ろうと決めていたんですよ」

そう言いながら、彼はネックレスを箱から取り出した。

「つけてみて」

彼は私のうなじに腕を回して、ネックレスの金具を留める。

「うん。よく似合ってる」

私から少し体を離して眺め、厳さんは満足そうに目を細めた。

でもルームウェアに優美なデザインのネックレスはミスマッチだ。私はそれがちょっと恥ずかしくて、もぞもぞと体を動かした。

「貴女のイメージに合わせてデザインしてもらったんですよ」

「えっ⁉　デザインしてもらった⁉　それってすごく大変だったんじゃ……」

驚きのあまり、そんなことを口走ってしまった。いただいたプレゼントについて、裏事情を聞いちゃうのは失礼だ、と焦《あせ》ったけれど、厳さんは特に気にしていないようだった。

「まぁ、私はこの通りの朴念仁《ぼくねんじん》ですからね。どうやったら貴女によく似合うジュエリーを探せるのかわかりませんでした」

厳さんは苦笑いした。

「疎《うと》い人間が無理して探すより、よく知っている人の力を借りたほうが、迅速かつ、いい結果を生むと考えました。そこで大学時代からの友人の力を借りることにしたんです。彼女のお父さんはジュエリーデザイナーで……」

彼は『友人』を『彼女』と言い表した。その友人というのが、あの日私が目撃した女性なのかな？　と、漠然《ばくぜん》と考える。

「その友人というのが、貴女が見かけた女性、増岡悠希《ますおかゆうき》です。彼女も弁護士でして、学生時代は彼女と伊月と私でよくつるんでいました。でも本当にただの友人関係で、まぁどう考えても色恋沙汰《いろこいざた》に発展する雰囲気ではなかったですね」

微笑する厳さんは懐かしそうに遠い目をした。

「彼女のおかげで、ようやく望みのものは手に入れられました。しかし、先日彼女から急に連絡があって『借りを返してくれ』と言うんです。そのとき増岡は、恋人の誕生日当日になってもプレゼントが用意できていなくて、焦《あせ》りに焦《あせ》っていました。というわけで、仕方なくプレゼント選びに付き合ったんです」

つまり私へのプレゼントを買うのを手伝ってもらって、お礼にお友だちのプレゼント選びにも付き合ったと。そういうこと？

「どうやら、彼女の恋人と私は背格好が似ているらしいんですよ。ああでもない、こうでもないとあちこち引っ張り回されて私は疲労困憊《ひろうこんぱい》です。——おまけに貴女をひどく傷付けてしまった」

厳さんの悲しそうな顔を見ていられなくて、私は思わず彼の顔を胸にギュッと抱きしめた。

「違います。厳さんが悪いんじゃありません。私が悪いんです。変に勘ぐったりしないで、素直に聞けばよかったのに、そうしなかったから！」

「……それは違います。結婚して初めての誕生日でしょう？　だから貴女を喜ばせたかったんです。格好つけたくて黙っていたせいで、貴女をこんなに追い詰めてしまった。私は……自分が許せない」

「そんな！　私、今のお話を聞いてすごく嬉しかったです。こんなに優しくしていただいてるのに、私ときたら……。自分を許せないのは私も同じです」

ごめんなさいと繰り返す私の背を、厳さんの大きな手がゆっくりと撫《な》でた。優しくて、でもなんとなく遠慮《えんりょ》がちな手つき。

「桃子さん、謝らないでください」

「だって私が悪いんですもの！」

「いや、違う。私が……」

顔を上げた厳さんと視線が合う。

しばらくの間見つめ合って、それからどちらともなく噴き出した。自分のせいだとお互いに譲らないのがなんだかおかしく思えてきたのだ。きっと厳さんも私と同じ気持ちなんだろう。

「じゃあ、今回はお互いに悪いところがあったということにしましょう」

「はい！　今後は隠し事はなし、変だと思ったらストレートに聞く、と！」

さっきまでこの世の終わりみたいな気持ちだったのに、今となってはそれが嘘のようだ。

安心して気が抜けた！　なんて思った矢先——

ぐぐぐぅ〜〜〜……

お腹が盛大に音を立てた。

「わっ！　やだ！　こっ、これは」

慌《あわ》ててお腹を押さえてもあとの祭り。

厳さんに声を上げて笑われちゃって、非常に恥ずかしい。

「夜も遅いですし、軽めで消化によさそうなものを作りましょう。いいですか、桃子さんはなにもせず、じっとしていてくださいね」

念を押されてしまって、ただベッドでごろ寝することになった。

絶食してたわけじゃないんだし、こんなに安静にしなくたっていいじゃない……とチラッと考えたが、こんなことを言ったら絶対に叱《しか》られる。叱《しか》られるどころか叱《しか》り飛ばされる。心配してもらえるのは有《あ》り難《がた》いし、嬉しいけれど、叱《しか》られるのは怖いから嫌だな。というわけで借りてきた猫のように大人しくしています。

キッチンのほうから、彼が立てる音が微《かす》かに聞こえる。まな板の上でなにかを刻む音。お鍋の蓋《ふた》を取る音。冷蔵庫のドアの音。それらを聞くともなしに聞いていたら、いつの間にか眠ってしまっていた。

◆ ❖ ◆

「……さん……桃子さん」

「巌さん？　やだ、私、いつの間にか寝てたみたいで」

「体が休みたがってたんですよ。少しはすっきりしましたか？　夜食の用意ができましたよ。食べられそうですか？」

お出汁《だし》のいい匂いが立ち込めている。返事をするより先に、お腹がぐぅと空腹を主張した。

「食べられます。というか、食べないと死にそうです」

胃のあたりをさすって苦笑い。

「だからと言って、急に食べ過ぎないように」

「はーい」

わかってます、と返事をすると、彼は『どうだかなぁ？』と疑わしげに眉《まゆ》をつり上げた。

布団をめくって上半身を起こそうとすると、巌さんがすかさず体を支えてくれた。

「ひとりで大丈夫です」

大切にされていると思えて嬉しいけれど、ここまでされると申し訳ない。

「貴女の大丈夫はあてになりませんからねぇ」

と、意地悪に微笑まれてしまった。先ほどの件があるので言い返すのもためらわれる。

「それは……そうですけど……でも、本当に大丈夫なんです」

「わかりました。でも、今は大人しくしていてくださいね。さっき貴女の真っ青な顔を見て、私がどれだけ肝《きも》を冷やしたと思う？」

「ごめんなさい。反省してます」

「ええ。大いに反省してください」

言うなり彼は私を抱き上げた。寝室からダイニングまでの距離なんて、歩いてもわけない。それなのになぜ抱き上げられなきゃいけないの!?

「念のためです」

疑問が顔に出ていたのか、それともまた心の声を無意識に漏《も》らしてしまっていたのか。まるで当たり前のことだと言わんばかりの返答だった。

はあ、と気の抜けた返事をしつつ、頭の中では、結婚式以来ことあるごとに抱き上げられているなぁなんてことを考えていた。

「重くないんですか？」

素朴《そぼく》な疑問を投げかけて彼を見上げたら、凍《い》てつく視線にぶつかった。

「まだ懲《こ》りてないんですか？」

ああ、彼の背後に吹き荒れるブリザードが見える！

「ち、ち、違います！　これ以上、無茶なダイエットをしようなんて思ってないです！　単なる疑問です！　厳さんがいくら鍛《きた》えてるといっても、成人女性を抱き上げるのは大変でしょ？　って思っただけですから！」

「そんなこと考えなくてよろしい。私がしたいからしてるんです」

どぎまぎする私をよそに、彼は私をダイニングまで運び、イスの上にひょいと座らせる。

目の前には美味《おい》しそうなうどんが『私を食べて！』と言うように待っている。うう、よだれが垂《た》れそう。ごくり、と喉《のど》が鳴った。

「我ながら、なかなかうまくできたと思うんですよ」

私の視線がうどんに釘付けなのに気付いて、厳さんはにやりと笑った。

考えていることがなにからなにまでバレてる気がして恥ずかしいやら、ちょっと悔《くや》しいやら。

「食べて……いいですか？」

悩みから解放された途端、空腹感は耐《た》えられないくらい大きくなっている。

今なら何人前でも食べられてしまいそう。――リバウンドが怖いね！

「ええ。冷めないうちに食べてください」

「では、遠慮《えんりょ》なく！　いただきまーすっ！」

手を合わせてから、早速箸《はし》を取った。

頬張ったうどんは、感動的に美味《おい》しかった。

「あつっ！」

冷ますのもそこそこに口に運んだせいで、舌をちょっと火傷《やけど》しちゃった。

「そんなに慌《あわ》てない」

巌さんは苦笑しつつ、グラスに麦茶を注《つ》いで渡してくれる。有《あ》り難《がた》く受け取ってひと口飲むと、ひんやりと冷えた麦茶が舌のひりつきを和《やわ》らげた。

「だってすごく美味《おい》しいんですもの！」

「落ち着いて食べないとお腹が痛くなりますよ？　そうだ。いいことを思いついた」

不穏な感じに唇をつり上げた巌さんが、静かに席を立った。

いいことってなんだろう？　疑問に思っていると、彼は私の隣のイスに座った。私の目の前にあったどんぶりと、手にしていた箸《はし》をひょいと取り上げられてしまう。

「――あの？」

「私が食べさせて差し上げます」

はい？　今なんとおっしゃいましたか、旦那さま！

「私が食べるペースを管理すればいいんですよ。ちゃんと冷まして、ちょうどいいペースで口に運べば万事解決じゃないですか」

至極真面目《まじめ》な顔でそんなこと言わないでください。

「…………あの……それ、冗談ですよね？」

「冗談？　まさか！」

なにを言ってるのかわからないって顔をされたけれど、それを言いたいのは私のほうです。

「じ、じ、自分で食べられます！」

「今さっき、舌を火傷《やけど》したじゃないですか」

「そっ、それは……」

これじゃあ、巌さんに申し訳ないし、私だって気恥ずかしくて食事に集中できない。せっかく作ってもらったうどんだもの、美味《おい》しく食べたい。なんとか阻止《そし》しなければ。どうしたものかと考えを巡らせている間に、彼はうどんをひと口で食べられるようレンゲにまとめていた。

「はい。口を開けて」

巌さんが冷ましてくれたうどんを目の前に差し出したので、ついパクッと食べてしまった。

「…………巌さん」

「なんでしょうか」

「うどんはすすって食べたいです。これではうどんの魅力が半減です」

この困った状況を打開したいという気持ちを抜きにしても思う。

うどんはすすって食べるべきだ。

ふむ、と巌さんが考え込んでいるうちに彼の手からお箸《はし》とどんぶりを奪還《だっかん》した。

そして、ずずずーっとひと口。

「やっぱりうどんはこうじゃないと！　ね？　巌さん！」

美味《おい》しさのせいで自然に緩《ゆる》む頬を押さえながら、彼のほうを見る。

巌さんはなにやら眉間《みけん》にしわを寄せている。

「うどんより粥《かゆ》にすべきだったか……」

彼は片手で自分の顎《あご》のあたりを撫《な》でながら、厳《いか》めしい表情で呟《つぶや》いた。

「巌さん？　どうしたんですか？　私、うどんが好きなのでお粥《かゆ》よりもこっちのほうが嬉しいです」

「……桃子さんが喜んでくださったのなら、まあ、よしとしましょうか」

なんて言いながら、彼は向かいの席に戻った。

「もし次にこういうことがあったら、お粥《かゆ》にしましょうね。そして、貴女がなんと言おうと最初から最後まで食べさせてあげます。貴女がこんなに恥ずかしがるなら、ちょうどいいお仕置きにもなりますしね」

とんでもないセリフに驚いて、危《あや》うくうどんを喉《のど》に詰まらせるところだった。

上目遣いで見た巌さんの目は威圧感たっぷりに底光りしていたので、とても冗談とは思えなかった。

◆
❖
◆

夜食を食べ終えると、半強制的にベッドへ直行させられる。

「もう元気です！」

いくら訴えても、許してもらえない。

「それでも念のため明日はゆっくりしましょう」

そんな答えが返ってくるばかりだ。

「でも……。せっかくのデートが……」

「動物園は逃げませんよ。また今度、行きましょうね」

恨《うら》めしそうに見上げると、厳さんはやれやれと困り顔だ。私が悪いんだと頭ではわかっているんだけど、でも動物園デートに多大なる未練が！

「デートの代わりにはならないでしょうが、明日の夕方、一緒に出かけませんか？」

「夕方？」

「ええ。ちょうどいい機会ですから、増岡を貴女に紹介しようと思いましてね。本当は結婚式のときに会わせたかったのですが彼女は急病で……」

厳さんの言葉で思い出した。彼の招待客の中に急病で欠席された方がいたことを。その方が確か増岡悠希さんではなかった？　厳さんの学生時代の友人と聞いていたし、てっきり男の方だと思い込んでた！　お名前の字だけを見ると、女性でも男性でもおかしくない。

「明日は増岡の他に、彼女の恋人の菱田《ひしだ》君にも同席してもらいましょう」

「え？　あ、はい」

結婚式の記憶を思い出していた私は、曖昧《あいまい》な返事をした。

「あの二人に会えば、もう二度と困った想像はできなくなりますよ」

巌さんはニヤリと笑って私の顔をのぞき込んだ。

「はっ、はひ」

至近距離でそんなふうに熱い目を見せるのはズルい。いきなりだったので驚いてしまい、舌さえうまく回らない。

「さぁ、そろそろ寝てください。私は少し片付けをしてきますので」

「それなら私が……むぐっ!?」

私の言葉は物理的に封じられた。彼の長くて形のよい人差し指が、私の唇を押さえたのだ。

「どうか私のために寝ていてください」

彼の指は私の唇を離れて、頬を軽く撫《な》でる。

「こんなにやつれて。――いいですか、桃子さん。これは痩《や》せたんじゃなくて、やつれたと言うんですよ。もう二度とこんな無茶なことはしないでほしい」

「……ごめんなさい」

こんな悲しげな目で見つめられたら、反発なんてできない。

彼にひどく心配をかけてしまったことも、妄想たくましくひとりで暴走してしまったことも、反省してもし足りない。申し訳なくて消えてしまいたいくらい。いたたまれなくなってかけ布団で顔を半分ぐらい隠した。

「もし本当にダイエットが必要になったら、そのときは二人でがんばりましょうね」

「はい……」

「まずは運動をしましょう。――ああ、そうだ。体調がよくなったら私と一緒に走りませんか？」

えええええ！

運動はとても苦手だ。小学生のときから運動会とマラソン大会は憂鬱《ゆううつ》で仕方がなかった。もちろん順位はうしろから数えたほうが早い。

「体力作りに順位なんて必要ありません」

どれだけ苦手か力説したのに、バッサリと切り捨てられてしまった。

くっ！　運動好きな人には絶対わかってもらえないこの苦悩。

それでもどうにか彼の攻撃をかわし、なけなしの知恵を絞って抵抗する。その甲斐《かい》あって、走ったりという激しい運動は免《まぬが》れ、休日に巌さんと一緒に朝のウォーキングをするというところで落ち着いた。

それなら楽しそうだし続けられるかも！

きっといつも見てる景色も、彼と一緒なら違って見えるだろう。

なんだかすごく楽しみになっちゃって、いてもたってもいられなくなった私は、かけ布団から這《は》い出た。

ベッドに座っている厳さんに抱きつくと、彼は最初こそ驚いたように体を強張《こわば》らせたけれど、すぐに抱き返してくれる。

やっぱり厳さんの腕の中は居心地がいいなぁ。

シャツの胸に頬をすりすりしたら、彼の口から大きなため息がこぼれた。

「桃子さん……」

「はーい？」

彼と密着する心地よさにうっとりと酔っていたので、返事は間延《まの》びしたものになった。

「頼むからもう、大人しく寝ていてくれませんか？」

困り果てたと言わんばかりの彼の声音に、私ははっと我に返った。

調子に乗り過ぎて迷惑だったのかな？　慌《あわ》てて体を離そうとするが、彼の腕に阻《はば》まれて身を起こすことができない。

あれ？　と目を見開く私の耳に、彼の低いささやきが忍び込んだ。

「あんまり煽《あお》らないでくれませんか。これでも結構我慢しているんですよ。——それとも……」

彼が言葉を区切った途端、視界がぐるんと回る。

耳元で枕がぽふん、と柔らかい音を立てるのが聞こえた。

「え？　あ、あれ？」

なにが起きたのかわからなくてきょとんとする私を、厳さんの端整な顔が見下ろしている。まったく考えていることが読みとれない無表情な顔で。

彼はなにをしようとしているの？

……まさか……でも、違うよね。さっき安静にしていろって、あれほど言ってたんだもの。

でも誤解がとけたあとのいちゃラブエッチってさ、やっぱ王道じゃないですかあああ！

はっ！　いけない。こんなこと考えちゃダメだよ！　私ってば、なーに考えてるのかな、あははは！

ちらりと脳裏をよぎったヨコシマな考えを慌《あわ》てて振り払って、巌さんが口を開くのを待った。

彼は私の上にのしかかり、顔を近付けてささやいた。

「こっちの運動がしたいとか？」

甘く低い声は、語尾が掠《かす》れていた。

半端ない衝撃に、尋常じゃなく動揺した。他の人に言われたら、寒いなぁと思いつつスルーするだろうに、なぜ巌さんだとこうも私の心にクリーンヒットするのか。

「なっ！　わっわわわわわた、わた、私はッ！　そそそっ、そんんなななっ」

舌がもつれる。情けないほど日本語になっていない。

「隠さなくてもいいんですよ。私たちは夫婦なんだし、したいときは素直に言ってくだされば喜んでお付き合いします」

「けっ、けけっ、結構ですっ！　いっ、今は間に合ってますぅ！」

答えた声は見事に裏返っている。

顔は火が出そうなほど熱いし、視線はせわしなく行ったり来たりを繰り返す。

「ん？　桃子さんはどうして逃げようとしているんですか？」

目を細めて優しげに笑う厳さん。だけど、その笑顔、怖いから！

「え、や、やだ、逃げようなんてしてないです、よ？」

そう言いながら、私はしっかり逃げる体勢に入っている。彼の腕の間から這《は》い出ようとしたら、焦《あせ》ったせいでベッドのヘッドボードに頭を打ち付ける始末。ごちん！　と、とてもいい音がした。

「いったぁ……」

頭頂部を押さえて呻《うめ》く私の上に、厳さんが覆《おお》いかぶさった。

「桃子さん、大丈夫ですか？」

気遣わしげに私の頭を撫《な》でる。

「だっ、だだだ、大丈夫なんでっ、どいてくださいー！」

音だけは大きかったけれど、本当にもう痛くないのだ。石頭でよかった。

「本当に痛くない？」

「はい、もう全然！　だから、どいてく……」

彼の手つきが優し過ぎて、ドキドキしっぱなしなこの状況。早く逃げ出したくて、こくこくと頷《うなず》きつつ訴えたのに……

「嫌です」

と、遮《さえぎ》られてしまった。

「もうちょっとこうしていたい。ダメ？」

彼の顔がちょうど私の首筋の位置にくる。首筋にかかる吐息と熱に、体がびくりと反応してしまった。

「ダメじゃ……ない、です。でも、悪戯《いたずら》はダメ……です」

今までの経験から、なにか色めいた悪戯《いたずら》をされると思ったのに、彼はまったく動かない。動く気配もない。

「あれ？」

悪戯《いたずら》を期待したわけじゃなく、いつもと違うことが不思議で首をひねった。

「ん？」

自分の体が小刻みに揺れている気がする。

少し冷静になった頭で考える。この揺れはなんだろう？　答えはすぐにわかった。厳さんが震えているんだ。

「厳さん？」

震える彼の肩に両手を置くと、彼は堪《こら》えきれなくなったように――

声を上げて笑い始めた。

「冗談です。冗談。桃子さんの反応が可愛《かわい》らしくて、ついつい意地悪をしてしまいました」

「なっ⁉」

なんですって！　こっちは真剣に狼狽《うろた》えたのに！

「巌さん！」

怒りをあらわにして名前を呼ぶと、彼は呼吸を整えるように、ふっと小さなため息をついて「申し訳ない」と謝った。

「もう！　からかわないでください！」

苛立《いらだ》ち紛《まぎ》れに腕を突っ張って彼を引きはがそうとしたけれど、がっしりした彼の体を押しのけられない。

「巌さんっ、どいて…………きゃ!?」

ムキになって力を入れると、いきなり首筋にキスをされた。唇で首筋の肌を食《は》むように口づけられて、腕から力が抜ける。

絶対面白がってやってる！　彼の顔は見えないけれど、見なくたってそれくらいわかる。

その証拠に、咎《とが》めるように彼の名前を呼んだら、嬉しそうな声で「なんですか？」と返ってきた。

「もう！　巌さんのイジワルッ」

「意地悪な俺は嫌い？」

まるで睦言《むつごと》をささやくような甘い声で尋ねられた。

「……意地悪じゃない巌さんのほうが好きです」

我ながら素直じゃない言い方だ。意地悪な巌さんも嫌いじゃないけど、恥ずかしくていたたまれなくなるのは嫌だ。

「それは困ったな。真っ赤になって狼狽《うろた》える桃子は初々《ういうい》しくて可愛《かわい》いのに。意地悪できなくなったら、そんな桃子が見られなくなるじゃないか」

褒《ほ》めてるんだか、からかってるんだか、どっちとも区別がつかないことを言い出す。しかも、こういうときに限って敬語じゃなくなるなんてズルい。悪態をつきながら、私の胸は勝手にときめき始める。

「そんなこと言ったって、騙《だま》されませんから！　さぁ、そろそろどいてください」

ぺしぺしと肩を叩くと、彼はさも愉快《ゆかい》そうに笑って私の隣にごろんと横になった。

「しばらく二人でゴロゴロしましょう」

ぐしゃぐしゃになったかけ布団を元通りにすると、彼は私の手を取って指を絡《から》めた。

「他愛もないおしゃべりをして、そうして眠くなったら眠ればいい。貴女が眠りにつくまでそばにいますよ」

指から伝わる熱が嬉しくて、幸せで。私の胸は春のように穏やかで温かい気持ちに満たされた。

◆　❖　◆

翌日、土曜日の夕方。私は寝室で鏡台に向かい、身仕度《みじたく》を整えていた。

「桃子さん、もうそろそろ時間です」

ノックの音に続いて厳さんの声がした。ドア越しだというのに彼の声は綺麗《きれい》に私の耳に届くから不思議だ。

私はブラシを鏡台に置いて、急いで立ち上がった。

「はーい！　今行きます」

今日は朝食も昼食もしっかり食べ、一日中巌さんとゴロゴロしていたおかげで体が軽い。

「巌さん、お待たせしました！　――こんな感じで大丈夫でしょうか？　おかしなところはありません？」

今日のお出かけ先は郊外にあるフレンチレストランと聞いている。それほど形式ばったお店ではないそうだが、着ていく服には悩むよね。さんざん迷った末にようやく決めた服だけれど、やっぱりまだ不安だ。

私が着ているのは、スカート部分に紺色《こんいろ》の刺繍《ししゅう》が施《ほどこ》された白のワンピースだ。その上に、スモーキーラベンダー色のニットボレロを合わせている。ニットといっても上品な形をしているので、カジュアル過ぎず、かといってフォーマル過ぎず、ちょうどいいと思うのだけれど……

「どこもおかしくなんてありませんよ。よく似合っています」

真顔で返されて、なんとも面映《おもは》ゆい。

「ありがとうございます。巌さんも素敵です」

ネイビーのジャケットに、ブルーの細かいストライプが入ったシャツ、ジャケットよりワントーン明るいネイビーブルーのネクタイ。それにベージュのパンツを合わせている。スリムなシルエットが彼の魅力をさらに引き立たせていた。爽《さわ》やかな色合いもいいし、程よく引き締まった体がそこはかとなく見て取れるのもいい。はっきり言って、惚れ惚れするね！

にやけそうになる顔をどうにか引き締めた。

「桃子さん。体調は問題ありませんか？　もし少しでも調子が悪いようなら言ってください。別に延期してもかまいませんから」

「いいえ！　本当に、嘘偽《うそいつわ》りなく、元気です」

何度も聞かれ過ぎていい加減、耳にタコができちゃいそうだ。

でも、厳さんがこんなに疑り深くなるくらい、心配をかけてしまったのは私だ。申し訳なくて「ごめんなさい」と謝ると、彼は穏やかな眼差《まなざ》しで私の髪を撫《な》でた。

「さて。それでは行きましょうか」

私はこくりと頷《うなず》いた。

厳さんの車は地下の駐車場に停めてある。普段は電車通勤なので、車を使うのは休日だけ。郊外に用事があるときと、遠出をするときだけで使用頻度《ひんど》は高くない。それなのに、いつも車体がピカピカに磨《みが》かれているのは厳さんらしいと思う。

私はペーパードライバーなので、もっぱら助手席で大人しくしているだけだ。優秀なカーナビが搭載《とうさい》されているから本当になにもやることがない。

前方を見据《みす》える彼のきりっとした横顔を堪能《たんのう》しているうちに、目的の店に着いたみたいだ。店舗の裏手に広がる駐車場に車を停めて、彼はエンジンを切った。

「着きましたよ。時間もちょうどいい」

彼は腕時計をちらりと見て、満足げに頷《うなず》く。

「行きましょう」

先に車を降りた巌さんは助手席側へ回り込むと、ドアを開けてくれた。いつものことなんだけれど、いまだに慣れなくてくすぐったい気持ちになる。

「ありがとうございます」とお礼を言いながら、差し出された手をとると、彼は嬉しそうに目を細めた。

さりげなく、でもしっかり腰を抱かれて一瞬「え⁉」っと驚く。しかし巌さんがあまりにも平然としているので、こういうものなのかな？　と思いながら、そのまま歩いて入店した。

初めて入るそのお店は、シックな内装で、落ち着いた色の照明が店内を穏やかに染め上げていた。夕食にはまだ少し早い時間だからか、ぽつぽつと空席が見えた。

店員さんに案内されたのは、店の一番奥。

そのテーブルにはすでに一組の男女が座っていた。ひとりは、あの日巌さんと一緒に街を歩いていた女性、増岡さんだ。そしてもうひとりは、見知らぬ男性。彼女の恋人だという菱田さんだろう。

彼は明るく染めた髪をしていて、耳にはピアスを光らせている。黒と白のチェック柄で襟《えり》と袖《そで》が白いクレリックシャツに生成《きな》りのジャケットという出《い》で立《た》ちだ。なかなか派手なコーディネートである。自分を熟知していなければ、こういうコーディネートはできないだろうなぁと思って見ていたら、目が合った。その瞬間、彼は人懐《ひとなつ》こい笑みを浮かべる。その笑顔が太陽みたいで、私は少し安《あん》堵《ど》した。

オタクはね、リア充っぽい人に会うと緊張するのだよ……

「増岡、急に呼びだして悪かったな」

「いや、かまわないさ」

耳に心地よい澄んだ声がまるで男性のような言葉を紡ぐから、私はちょっと目を見張った。彼女はやはり近くで見ても綺麗《きれい》な人だった。こうして対面してみると、なんとも言えない独特な雰囲気があって目が釘付けになった。

ほっそりした体を包む黒いブラウスは、白い肌をいっそう白く見せている。光沢のある柔らかい生地が彼女の女性らしさを引き立てており、テーブルに置かれた手も華奢《きゃしゃ》で美しい。細く長い指には傷ひとつなくて、よく手入れされているのがうかがえた。

仕事で紙を扱うことが多い私の手は、いつも荒れて切り傷だらけ。最近は慣れない料理もしているものだから、そこに火傷《やけど》まで加わって荒れ放題だ。普段はあまり気にしていないけれど、今日はやけに恥ずかしく思ってしまう。手を隠したくて、誰にも気付かれないように指をギュッと握り込んだ。今のままの私が好きだという厳さんの言葉を頭に浮かべながら、醜《みにく》い劣等感と闘《たたか》う。いくらお洒落《しゃれ》しても私は私。オタクで野暮《やぼ》ったい私のまま。

「菱田君もすまなかったね」

「いや、そんな。こっちこそありがとうございます。おかげでこんないい店で晩飯食えるんですから!」

増岡さんの隣に座る、菱田君と呼ばれた男性は、屈託《くったく》なく笑った。人懐《ひとなつ》こい大型犬を思わせる雰囲気の人で、緊張がちょっと和《やわ》らいだ。

「増岡、菱田君。妻の桃子だ」

つま。妻。妻！　いい響きですね、妻！

やだ、落ち込みかけていた気分が巌さんのひと言で急浮上だ。我ながら単純だと思うけれど、嬉しいから単純でも単細胞でもなんでもいい！

「はじめまして。久瀬桃子です。主人がお世話になっております」

にやけそうになる顔を引き締めて、目の前の二人に向かって頭を下げる。

すると隣から「増岡の世話をしてんのは俺のほうだけどな」という巌さんの呟《つぶや》きが耳に入った。

「なんか言ったか、久瀬？」

向かいの増岡さんにも聞こえていたようだ。

「いや、なんでもない。お前は相変わらず地獄耳《じごくみみ》だな」

巌さんと増岡さん、これ以上つっかかるようなことを言わないで！

二人の間に不穏な空気が流れている気がする。助けを求めて菱田さんに目を向けるけれど、彼はただニコニコしながら見守っている。そうして私の視線に気付いた彼は、大丈夫だと頷《うなず》いた。

「ねぇ、悠希ちゃん。そのくらいにしておきなよ。自己紹介の途中じゃん。桃子さんに失礼だろ？　じゃあ俺、先に自己紹介しちゃおっかな。――桃子さん、初めまして。俺、菱田諒《りょう》っていいます。増岡悠希さんとお付き合いしてます。職業は美容師、歳はちょうど三十歳。どうぞよろしく！　もしよかったら、今度うちの店に来てくださいね！」

「こちらこそ……よろしくお願いします……」

同い年ぐらいかな、と思っていたのに四歳も年上！　人当たりのよさ、気配りの上手さ、そしてファッションセンス。美容師さんだと聞かされて納得した。

「たしかに、今日の目的は桃子さんに会うことだ。久瀬なんて放っておこう。はじめまして、桃子さん。私は久瀬の大学時代からの友人で、増岡悠希と言います。字は悠久《ゆうきゅう》とか、悠々自適なんかの『悠』に、希望の『希』。字面《じづら》のおかげでよく男に間違われるけど、れっきとした女です。どうぞよろしく！　大学は女の子の少ないゼミだったし、弁護士になっても周りは野郎ばっかりだから、女友だち募集中。よかったら、これをご縁《えん》に仲良くしてください」

ぺこり、と頭を下げる彼女の口ぶりはハキハキしていて心地よい。

イベントの帰りに見かけて以来、ずっと敵愾心《てきがいしん》と嫉妬心《しっとしん》を抱いていた自分が恥ずかしくなった。

まだ会ったばかりだけれど、すでに素敵な方だなと感じ始めていた。

「こっ、こちらこそ……よろしくお願いしま、す……」

私も自己紹介しようと口を開きかけたそのとき、「あ！」と増岡さんが声を上げた。

「大切なことを言い忘れてた。桃子さん！」

「はっ、はい！」

真剣な顔で名前を呼ばれて、慌《あわ》てて居住まいを正した。なんだろう？

「もし久瀬と離婚することになったら、すぐ私に相談してくれ。慰謝料がっつり巻き上げて、コイツの鼻《はな》っ柱《ぱしら》をへし折ってあげるから」

「ちょ！　悠希ちゃん、縁起《えんぎ》でもないこと言わないの」

「誰が離婚なんてするか、バカ！」

男性陣が即座にたしなめる。私は予想外のことにぽかんとするしかない。

三人がぽんぽんと軽口をたたき合っているうちに前菜が運ばれてきて、食事が始まった。

気心が知れた者同士の会話には遠慮《えんりょ》がなく、話題もあちこちに飛ぶ。私は聞きながら、三人とも博識なんだなぁと感心していた。

喋《しゃべ》るのは主に増岡さんと厳さんで、時々不穏な方向に流れそうになる会話を菱田さんが修正している。三人が要所要所で話を振ってくれるので、私も楽しく会話に参加させてもらった。

そうして場の空気がほぐれてきたころに、厳さんがあの日の話を切りだした。

「この前の日曜日、増岡と俺で出かけただろう？　あのときのことを桃子さんに説明してやってくれないか」

増岡さんと菱田さんの視線が私に向いた。

「おい、久瀬。私が話してしまっていいのか？」

「ああ、かまわん。俺からすでに一度事情を説明している」

厳さんは腕を組み、仏頂面《ぶっちょうづら》で頷《うなず》いた。

「もしかして……。桃子さん、見ちゃった？」

増岡さんがなにを言いたいのかわかったので、正直に頷《うなず》いた。

「あちゃー！　そっか。ごめん！　もとはと言えば全部私のせいなんだ」

すまなそうに手を合わせた彼女は、菱田さんへの誕生日プレゼント選びにまつわる事情を話し始める。

それは厳さんが昨日話してくれたことを裏付けるものだった。厳さんを信じていなかったわけじゃないけれど、こうして他の人からも話を聞けて、昨日よりさらに安心できた。

「話してくださってありがとうございます。厳さんと増岡さんのお話を聞いて、ちゃんと納得しました。余計な勘繰りをしてしまってごめんなさい」

「いや、黙っていた私が悪いんだから、桃子さんは気に病《や》まないでください」

「私こそ、久瀬を無断で連れ回してしまって申し訳ない」

昨夜のように、謝罪合戦になってしまった。

「はいはい！　三人とも、ごめんなさいはそのくらいでいいでしょう？」

止めに入ってくれたのは菱田さんだった。

「ああ。そうだな。諒の言う通りだ！　さぁ、これで誤解もとけたことだし、ぱーっと呑みに行こうか！　――久瀬のおごりで」

沈んだ空気を壊すように増岡さんが明るい声を上げた。

「誰がおごるか！」

「えー、ケチ。いいじゃないか。ほら、私の快気《かいき》祝いってことでさあ」

「何か月前のことを持ち出すんだ、おまえは」

増岡さんと厳さんの押し問答が始まった。こうなると私も口をはさめない。

心得のある菱田さんが、頃合いを見計らって彼女に話しかけてくれる。

「悠希ちゃん、ワガママ言わないの。今日は久瀬さんたちも二人で話したいことがあるだろうし、無理言っちゃダメだよ。そんなに呑みに行きたいなら俺が付き合うけど、でも俺としては家で悠希ちゃんとのんびりしたいなぁ？」

すると——

「帰る」

即答だった。

増岡さん、可愛《かわい》い！　と思ってしまう。厳さんと同い年だから、九つも上の女性に対して思うことじゃないかもしれないけれど。こんな可愛《かわい》らしくて素敵な人にライバル心を燃やしていたなんて恥ずかしい。今日こうして増岡さんたちを私に紹介してくれた厳さんに心から感謝した。

◆❖◆

また近々一緒に遊ぼうと約束をして彼女らと別れ、私たちはまっすぐ自宅に戻ってきた。

「厳さん。今日はごめんなさい。それから……ありがとうございます」

玄関の扉が閉まるなり、私は彼の広い背中に、こつんと額《ひたい》を当てた。

「誤解されるようなことをした私が悪かったんです。その件について貴女が謝る必要はない。それより……」

「きゃ！」

ぐいと手を引かれて、気が付くと彼の腕の中にいた。

鼻腔《びこう》をくすぐるいつもの香りが、心地よい。

「もっとイイことをしませんか？　貴女がヤキモチを妬《や》いてくれたのが、たまらなく嬉しくてね。実は昨日からずっと我慢していたんですよ」

イイこと。蜜《みつ》のような甘いささやきに、体の奥がずくんと疼《うず》いた。

「でも……………っん！」

私の反論は彼の唇で封じられてしまう。

まさかいきなりキスされるとは思わなかった。彼の舌は性急に私の口腔《こうこう》に侵入して、あっという間に私の舌を絡《から》め取っていく。

「っ……ん……はあッ……ん……」

吐息まで奪われるようで、満足な息継《いきつ》ぎもできない。

執拗《しつよう》に追われ、吸われて、いつの間にか私の舌は彼の口腔《こうこう》へと誘《いざな》われていた。導いたのは彼のほうなのに、まるで私が自分から犯しているように思えてくる。

荒くなっていく吐息とともに、呑みきれなかった唾液が口の端《はし》からこぼれた。

「……っあ……はぁ……や、もう……」

「こんなんじゃ足りない。もっとだ」

彼は私の喉《のど》を伝う唾液の跡に舌を這《は》わせながら、私の肩からボレロを落とす。見えないどこかでぱさりと乾いた音がした。

「も……無理……立ってられな、い……」

膝《ひざ》ががくがくと震えて、力が入らない。下腹のあたりは熱い疼《うず》きを訴えていて、どんな状態になっているのか触れなくても想像がついた。

疼《うず》きをなんとかしたいけれど、どうにもできない。立っているのがやっとの状態では、すべてがもどかしくて泣きたくなった。

それなのにキスはやまないし、彼の手は私の胸や腰を撫《な》で続けている。

普段の彼からは想像もつかないくらい官能的な動きで、確実に私を追い詰めていく。

とうとう立っていることもままならなくなり、ずるずると崩れ落ちそうになる体を、彼の腕が抱きとめる。

「もう……ダメ……っあ……嫌ぁ……」

気が付くと彼に抱き上げられていた。

行き先は寝室。言われなくてもわかる。

頭の片隅で『お風呂は？』なんて往生際《おうじょうぎわ》の悪いことを考えた。でも、火をつけられてしまった体はもう歯止めがきかない。早く続きを……と、はしたなく願うだけ。

いつもはベッドに寝かされるのに、今日は少し違っていた。ベッドに腰をかけた彼に横抱きにされ彼の太腿《ふともも》の上に座らされる。

肩口にキスの雨を降らせながら、彼は私の背中に手を回し、ワンピースのファスナーを下ろしていく。

彼の手は肩からワンピースを滑《すべ》らせるように落としたあと前に移動し、ブラに包まれた胸をゆっくりと揉《も》み始めた。少し視線を下げると、指の動きに応《おう》じて柔軟に形を変える膨《ふく》らみが視界に入る。肌に食い込む彼の指が扇情的《せんじょうてき》に見えて、体の奥がつきりと疼《うず》いた。

「んぁ……厳さ、ん……はぁ……ん、ぁあ……」

甘えた声が口から溢《あふ》れる。こんな声、出したくないのに。

「いい声だ。もっと聞きたい」

ささやかれる睦言《むつごと》に、いやいやと首を振った。

「なにがそんなに嫌？」

声を聞かれることが嫌なのか、もどかしい刺激が嫌なのか。それともその両方か。私自身にもわからない。

「わかんなっ……でも……ひぁ⁉」

ひと際《きわ》大きな声が出たのは、彼が私の耳朶《じだ》を甘噛《あまが》みしたからだ。

「あっ！　……ああっ……っん！」

噛み跡をなだめるように彼の舌がなぞった。ぞわぞわと寒気に似た快感が背筋を走っていく。たまらずに何度も体を跳ねさせると、彼は楽しそうに低く笑った。

「桃子は本当にここが弱いな」

ささやきによって耳にかかる吐息さえ、快感となって体を苛《さいな》む。

「いっ……あああん！　ダメぇ……」

耳朶《じだ》を這《は》う舌は、ぴちゃぴちゃと濡れた音を響かせた。

耳を襲う刺激に身悶《みもだ》えている間も、彼の手は胸の双丘《そうきゅう》を攻め立てている。

「もうこんなに尖《とが》らせて。そんなに気持ちいい？」

下着の上からでもわかるくらい立ち上がった頂《いただき》。そこを親指の腹で円を描くように撫《な》でられて、思わず腰が揺れてしまった。

「あっ……やぁ、恥ずかしい」

「そうして恥じらう姿もいいいな」

くすくすと、艶《つや》にまみれた笑い声が耳朶《じだ》を打つ。

「み、見ないで……」

体をよじっても、事態はなにも変わらない。しっかり抱きすくめられており、身動きがとれないのだ。

「嫌だ。こんないい眺めを見ないなんて、もったいない」

彼は膨《ふく》らみをブラの中から掬《すく》いだした。

あらわにされた膨《ふく》らみは歪《いびつ》に形を変えていて、目を覆《おお》いたくなるくらいにいやらしい。

ずり落ちたワンピースの布が腕の動きを制限するせいで、彼の手から逃げるのも、胸を隠すのも難しかった。

「厳さんっ……やめて……」

彼の衣服にも口調にも乱れはなく、私だけが乱れている。いたたまれなくて身をよじったら、足の付け根にぬめりを感じ、羞恥《しゅうち》で頬が熱くなった。

「そう？　でも君の体は、やめてほしくないみたいだけど？」

言いながら彼は片手で私の膝《ひざ》を割り、もう片方の手を私のどうしようもなく熱くなっている部分に這《は》わせた。彼の指が下着の上から亀裂《きれつ》をなぞると、くちゅっと小さな音が立つ。

「ひぅ！」

急に与えられた刺激に耐《た》えられず、体がびくりとのけぞった。強い快感の余波で、内腿《うちもも》が小刻みに震える。

なんだか今日の厳さんはいつも以上に意地悪な気がする。なんで？　と混乱する私をよそに厳さんは楽しそうに目を細くした。

「そうだ、今日はちょっと変わったことをしようか」

彼の言葉に、私は不穏な気配を感じ取った。

けれど、彼の指が亀裂《きれつ》の間に潜《ひそ》む肉芽を捏《こ》ねたせいで、思考は散らされてしまう。

「あ！　や、そこ……！　あああ あっ……ん！」

体の奥からまた熱い蜜《みつ》が湧《わ》いたのを感じる。恥ずかしいと思いながらも、体は快感に対して素直に反応してしまい、理性ではもうなにも止められない。

「桃子はどこも敏感《びんかん》で可愛《かわい》いな」

しゅるりとなにかの布の擦《こす》れる音がした。

「ねぇ、桃子。視界を遮《さえぎ》られると、与えられる刺激に対して、より敏感《びんかん》になるそうだ。試してみようか。どのくらい君が敏感《びんかん》になるのか」

目の前に突如《とつじょ》現れたのは、厳さんがしていたネイビーブルーのネクタイだ。上品な光沢のそれがどんどん近付いて——

「ちょうどいい機会だ。もう二度と俺の愛情を疑ったりできないくらい、君の体に俺を刻み付けてやる。感度の増した体ならしっかり覚え込んでくれるだろう」

彼の言葉の意味を理解するより先に、視界が暗闇に包まれた。

「え……？　いわお……さん？」

耳のすぐうしろあたりで、しゅるしゅると衣擦《きぬず》れの音がする。

音が止《や》むや否《いな》や、私はベッドに押し倒された。

「やだ。外して……外してくださいっ！」

ようやく声を絞り出して懇願《こんがん》したけれど、彼は無言のままだ。

「いわ……お、さん？　どこ？」

急に不安になってしまった。もしかしたら、彼はここにいないんじゃないか？　そんな気がしてくる。

不安はどんどん大きくなって、私は目隠しを取ろうと手を伸ばした。

「ダメだ」

私の手首は厳さんの手によって、あっさりとシーツに縫《ぬ》い留められた。手首を握られたことによって彼の存在を確かめられた安堵《あんど》と、視界を奪われている恐怖がない混ぜになる。

「これ……怖い」

「君のそばを離れたりしないし、君が嫌がることもしない」

すぐそばで彼の声が聞こえるものの、彼が今どんな顔をしているのかは見えない。それが心細かった。

「でも……」

「君はただ俺を感じてくれればいい。これなら他のことに気を取られたりしないだろう？」

彼の動く気配がして、頬に柔らかく温かいものが触れた。ついで熱くぬめったなにかがそこを這《は》う。一瞬遅れて、それが彼の唇と舌なのだと悟《さと》った。

彼の舌は頬から頤《おとがい》へ、そして喉元《のどもと》へと下りていく。時折、ぴちゃりと濡れた音が立ち、そのたびに羞恥《しゅうち》を煽《あお》られた。

「は……んっ！」

喉仏《のどぼとけ》を甘噛《あまが》みされて、腰のあたりからゾクゾクした戦慄《せんりつ》が駆け上《のぼ》ってくる。

堪《こら》えきれなくて背を弓なりにのけぞらせた途端、彼の腕がシーツと私の背中の間に滑《すべ》り込んできた。

「あ……やぁ……」

彼に向かって胸を突き出すような格好。逃げたくても、周りがどうなっているかわからなくて、上手く抵抗できない。

彼の唇は鎖骨をなぞり、胸の膨《ふく》らみへと下りてくる。

ちゅ、と小さい音が耳に届くのとほぼ同時に、肌がちくりと痛んだ。

「つぅ！」

「痛かった？」

今しがた、ちくりと痛んだ場所を熱い舌が這《は》う。

痛いか痛くないかで言えば痛かったけれど、それ以上に彼に征服される快感があった。だから小さな嘘をつく。

「痛く……ない」

ふっと笑う気配がして、今度は胸の谷間に同じ痛みが走る。

「んっ！　あ……はぁ……」

「君の白い肌に、赤いしるしはよく似合うね」

吐息が胸を掠《かす》めると、触れられてもいないのに肌が熱くなる。

意思と関係なくビクビク跳ねる体。彼の嬉しそうなため息が耳に届いた。

「やっぱり目隠しすると一段と敏感《びんかん》になるんだな」

「は……ぁ……言わ……ない、で……ッ」

彼の手が、指が、唇が、舌が、体のあちこちを這《は》うたびに、止めようもなく高まっていく。なのに、決定的な快感を得られる場所には触れてもらえない。

行き場をなくした熱が、体の中で暴れている。

過敏になった体は些細《ささい》なことからも快感を生み、シーツが肌に擦《こす》れたり、汗が肌を流れ落ちたり、彼の髪が肌をくすぐったりする感触にまで反応してしまう。そして肌と肌が触れ合っているところが熱くてたまらない。

「あ……厳さ……ん」

手探りで見つけた彼の腕に指を這《は》わせた。たったそれだけのことからも、私の体はあさましく快感を拾う。こんなことにまで感じてしまうなんて、いったい自分はどうなっちゃったんだろう？底なしの沼に落ちていきそうな恐怖を覚えて、私は彼の腕を強くつかんだ。そこにすがっていれば落ちていかない。そんな気がして。

「ん？　どうした？」

彼の声は蜜《みつ》より甘い。冷静なのにどこか熱を孕《はら》んだ声音に、体の奥の疼《うず》きが一層増す。

「も……意地悪しないで」

「我慢できない？」

恥ずかしい、なんて言っていられない。素直にこくこくと頷《うなず》いた。

「残念だな。もう少し遊んでいたかったんだけれど。でも、ここの実はこんなに美味《おい》しそうに熟《う》れてきたし、もう頃合いか」

硬く尖《とが》った胸の頂《いただき》が、唐突《とうとつ》に熱く濡れたものに包まれた。

彼の口に含まれたのだ。たとえ見えなくても、その感触を体が覚えている。

「んっ！　やああんっ……それ、やぁ……」

甘噛《あまが》みされると切なくて苦しい。

「これ？　どうして？」

「んんんっ！　やぁ……喋《しゃべ》っちゃ……んぁ！」

口の中に含んだまま喋《しゃべ》られると、たまらなくて涙が湧《わ》く。

「嫌じゃないだろう？　こんなに感じておいて」

彼の手が足の付け根に伸びて、熱く潤《うるお》ったそこを撫《な》でた。

「すごいな。びしょびしょ」

「ッ！　言わな……で……」

下着はもう不快なほど濡れている。いたたまれない気持ちと、はやく先に進みたい気持ちがない混ぜになって私を焦《あせ》らせる。

執拗《しつよう》になぶられている胸の実からは絶え間なく快感が押し寄せるけれど、それだって決定打にはならない。

どうすればこの熱を解放できるのか。方法を知っている私の体は、ただ闇雲《やみくも》に彼を欲している。

けれど、自分から欲しいなんて言えない。そんなはしたないこと……

欲と最後の理性が激しくせめぎ合う。

「いわ、お……さ……お願……い……もう……」

「お願い？　なにを？　君はどうされたい？」

わかっているくせに。

きっと、ちゃんと言わないと先に進んでくれないんだろう。

諦《あきら》めが胸にじわりと広がった。同時に、今まで感じたことのない感情が湧《わ》き上がってくる。

胸のあたりを悪戯《いたずら》に舐《な》めている彼のほうに手を伸ばす。彼の顔を傷付けたりしないよう、慎重に伸ばした手は、彼にたどりつく前に捕まってしまった。

「君はどうしたい？　さぁ言ってごらん？」

彼は捕えた私の手にキスをし、音を立てて指先をしゃぶる。

指先に絡《から》む熱い舌が官能を無理矢理引きずり出すようにいやらしく動いて、秘められた場所がまたとろりと蜜《みつ》を吐き出した。

「あ……も……やだぁ……」

太腿《ふともも》を少し動かすだけで、くちゅ、と卑猥《ひわい》な水音が立つ。その音は、彼の耳にも届いたんだろう。

低い笑い声が聞こえた。

「ほら、そろそろ限界なんだろう？　正直に言って？」

耳朶《じだ》を甘噛《あまが》みし、舌で舐《ねぶ》りながら彼はささやく。堕落《だらく》に誘《いざな》う悪魔なんじゃないかと錯覚するぐらい、蠱惑的《こわくてき》な声だ。

「あ……わた、し……ほしい、の。巌さんが……」

彼の体に手を這《は》わせ、手探りで彼の昂《たかぶ》りを見つけた。布越しに感じるそれは硬くて熱い。

「つく！」

巌さんが驚いたように息を呑んだ。

「桃子！」

焦《あせ》る声がなんだか嬉しい。昂《たかぶ》りをなぞるように指を滑《すべ》らせると、彼のそこがぴくりと跳ねた。同時に、切ない吐息が耳にかかる。

「桃子、もういいから。やめなさ…………っつ！」

彼の制止を聞かず、少し強めに彼のものをしごくと、彼はまた息を詰まらせた。私が彼をそうさせているのだと思うと背筋がゾクゾクする。

「気持ち……いい？」

「――ああ。でも、もうやめてくれ。でないと、歯止めがきかなくなりそうだ。いきなり挿《い》れられるのは君だって嫌だろう？」

彼としては脅《おど》しているつもりだったのかもしれない。でも……

「嫌じゃない」

「桃子!?」

いつもだったら、きっと怖気《おじけ》付いたと思う。

けれど、こんなふうに引き返せない場所まで押し上げられてしまったら……

「だって、もう……我慢なんて。……厳さんのせいです」

最後は拗《す》ねたような口調になってしまった。すると彼はふっと笑って「ごめん」とささやく。全然悪いと思っていない口ぶりだ。むしろ嬉しそうに聞こえた。

「やっぱり少しほぐそうか。無理はさせたくない」

「厳さん？」

私の衣服は、すぐにすっかり取り払われた。巌さんが足の間に割って入り、私の両膝裏《りょうひざうら》に手をかける。秘部があらわになり、くちゅっと小さい水音がした。

「すごいな。濡れて光ってる」

「言わな……で……！」

視線を感じるだけでもいたたまれないのに、あろうことか彼はそこに舌を這《は》わせた。尖《とが》らせた舌先で亀裂《きれつ》を探るように割られ、隠れた肉芽まで執拗に舐《な》め上げられて、悲鳴《ひめい》のような嬌声《きょうせい》が口からこぼれる。

「やぁ……ん！　……ん、くぅ……ダメ……ぇ」

「たいして触れてもいないのに、こんなに膨《ふく》らんで。ゆっくり堪能《たんのう》できないのは残念だな」

巌さんは羞恥《しゅうち》を煽《あお》るように忍び笑いをこぼした。吐息が小さな芽を掠《かす》め、じれったくて腰が揺れてしまった。早く欲しい、早く挿《い》れて——頭の中はそんな願望でいっぱいになっている。

「やだぁ……巌さ……はやくっ」

「ああ。じゃあ、挿《い》れるよ。——その前に、これは取ろうか」

彼の声と同時に視界が晴れた。

いきなり明るくなったので、最初はぼんやりしていたけれど、すぐに焦点が合う。

目の前には壮絶《そうぜつ》な色気をにじませる巌さん。

「君のイく顔をよく見たいからね」

情欲に濡れた微笑みに、体の奥がきゅんと疼《うず》く。

彼の硬くなったものが、濡れそぼった場所に当てられ、ぐちゅっと卑猥《ひわい》な音を立てながら彼が押し入ってくる。

「ひあ……んっ……」

近頃は行為に慣れてきたとはいえ、やっぱり彼のものは大きくてきつい。

「痛く、ない？」

聞かれて私は頷《うなず》いた。痛くはない。ただ圧迫感があって苦しいだけ。

私の体はもう、この圧迫感に快感が潜《ひそ》んでいることを知っている。だから、期待で腰のあたりが、ゾクゾクと震えた。

「はぁ……いっ……あ、ん……んんっ」

ぐいぐいと押し入ってくる生々しい感覚に、肌が粟立《あわだ》った。苦しい。でも気持ちいい。

最奥まで貫かれると、全てを彼に支配される悦《よろこ》びで、胸が満たされてゆく。

一度奥まで入ってしまえば、あとはもう快楽しか残らない。

「んっ……あ、ああ、んっ！　厳さ……」

彼の背中にしがみつく。

「桃子……桃子……」

「あ……すご、い……奥に当たって……る、の……ッ。気持ちい……んんっ！」

彼の楔《くさび》が最奥を叩く。そのたびに痺《しび》れるような快感が全身に広がってゆく。

「俺も気持ちいい。……っく！　ダメだな、すぐ持って行かれそうになる」

切なげに寄せられた眉《まゆ》。肉食獣を思わせる鋭い目。荒い息を繰り返しながら私の名前と、私を虜《とりこ》にする言葉を紡ぐ唇。

「いわ、お、さ……い、しょに……」

「わかってる。一緒にイこう」

私の限界は、もうそこまで来ていた。

彼が動くたびに、繋がった場所から粘着質な水音と、肉と肉がぶつかるいやらしい音がする。私の口から漏《も》れるのは、耳を塞《ふさ》ぎたくなるくらい恥ずかしい嬌声《きょうせい》。彼はうわ言のように私の名前を呼んでいる。

すべてが絡《から》まって、一緒になって——

「ああ……んっ……も、イっちゃう……ッ」

「ああ、イって」

汗を滴《したた》らせる彼の唇には淫蕩《いんとう》な笑みが浮かび、情欲を宿した目はまっすぐに私を見下ろしていた。

「見ないで……」

「ダメだ。ちゃんと見せてくれ。君がイくところを」

顔を覆《おお》おうとした手は彼に絡《から》め取られ、シーツに縫《ぬ》い留められてしまった。

「やぁ……んっ……はぁ……も、ダメ……」

彼の動きは容赦《ようしゃ》がなく、突き上げられて簡単に高みに誘《いざな》われる。感じる場所を的確に攻められて、思考どころか呼吸もままならなかった。

「あ、あああッ！」

与えられる快感を受け止めるだけで精いっぱい。閉じることもできない口の端《はし》から唾液がこぼれ落ちているのに、それを恥ずかしいと思う余裕もない。

「んっ……ああああああっ！」

体の中で暴れていた熱が爆《は》ぜて、頭が真っ白になった。

体がピンとつって、彼を呑み込んだ場所がびくびくと蠢《うごめ》いた。私の中が彼をきゅうきゅうと締め付けているのが感じられて、さらに快感が襲ってくる。

「つく！」

呻《うめ》き声と同時に、私の一番奥で彼が爆《は》ぜるのがわかった。

私の中へ注《そそ》がれる彼のものに、じわじわと幸福感が湧《わ》き上がる。

心地よい疲労に身を任せてぐったりしていると、彼の放ったものがとろりと流れ出る感触があった。

「あ……」

なぜか寂しい感じがして、私は夢見心地のまま、そこへ手を伸ばした。

太腿《ふともも》の付け根を拭《ぬぐ》うと、ぬるりとしたものが指に付く。

濡れた指をぼんやりと見ていると、巌さんがぎょっとしたように私の名前を呼んだ。

「桃子さん！　なにやってるんですか！」

叱責《しっせき》され、指を強引に拭《ぬぐ》われる。

「だって。流れ出ちゃうのが、なんだか寂しくて」

絶頂の余韻《よいん》で頭がぼんやりしたせいか、恥ずかしいとも感じずに思ったことをつい口にしてしまっていた。

「っ⁉」

巌さんは目を見張り、それから苦々しい顔になった。やってはいけないことだった？　巌さん、怒っているのかな？　と思ったけれど、視線を逸《そ》らす彼の頬は少し赤い。

「まったく！　貴女は私を翻弄するのが上手くて参ります」

困ったようでもあり、楽しげにも見える彼の顔を見ていると、たまらない気持ちになった。

私から、巌さんに触れたい。

一度そう思ってしまうと、気持ちはもう止まらない。

——巌さんは、いつも私のことを想い、色々としてくれた。未経験で行為を怖がっていた私を根気強く待っていてくれたし、サプライズで誕生日プレゼントを用意しようとしてくれた。ダイエットをがんばり過ぎてしまった私を、本気で心配して叱《しか》ってもくれた。大切なことをいつも言葉にして伝え、行動を起こしてくれる。

それなのに私は……？　巌さんの優しさに甘えて、気持ちを伝える努力を怠《おこた》っていたのではないだろうか。恥ずかしいとか、嫌われたくないとか理由をつけて、自分からはなにも行動を起こしていなかった。誘惑作戦だって、失敗が続いたのにめげて、自分からアクションを起こすのをやめてしまっていたのだ。

でも……そんな自分は、もうやめたい。

私は意を決し、先ほどまで自分の視界を塞《ふさ》いでいたネクタイにそっと手を伸ばす。

「あの……巌さん」

「なんですか？」

体を起こし、すぐ隣で横になっている彼に抱きついた。私の手の中にネクタイがあることには、まだ気付かれていない。

「今度は私が巌さんに……目隠ししたいなって。目隠ししてするのが、きっ、気持ちよかったから、その……巌さんもすれば、同じように気持ちよくなるんじゃないかなって。——私ばっかり気持ちいいのは不公平だし、巌さんにも気持ちよくなってほしいし……」

言っているうちにすごく恥ずかしくなってきて、まごついてしまった。ああもう！　なんでこんなに口下手なのかな。もっとスマートに話せたらいいのに。

——そう、私は『誘惑作戦』のリベンジをしようとしていた。

「ダメ……です、か……？」

恥ずかしいし、こんなことを言ったら、いやらしいと呆《あき》れられてしまうんじゃないかと恐れる気持ちも、やっぱりある。

だけどここで諦《あきら》めたくない。私だって、巌さんを——愛したい。

「君の好きなように」

余裕たっぷりに笑う巌さんの目には、面白がるような色が見えた。

覚悟を決めて厳さんにまたがり、彼の頭のうしろにそっとネクタイを回す。そうして、優しく目を覆《おお》ってネクタイを結んだ。それから私は、彼の唇に触れるだけの軽いキスをした。

――上手く誘惑できているかな？

目隠ししているから、彼の目が見えない。それだけで彼の考えていることが全然わからなくて困惑する。

でも、彼の口元は笑みの形を刻んでいる。だからきっと大丈夫だと気持ちを奮《ふる》い立たせた。ここまできたらあとには引けない。

私は彼の頬に手を添えて、ふたたびキスをした。いつも厳さんがしてくれることを思い出しながら、彼の唇を舌でなぞったり、歯を立てて甘噛《あまが》みをする。それから、わずかに開いた唇の隙間から舌を差し入れ、彼の口腔《こうこう》を探った。熱い舌を誘うように舐《な》め、彼の舌に絡《から》める。

「ふ……ん……」

彼の息は少しも乱れていないのに、仕掛けている私のほうはもう声が殺せないほど感じてしまっている。

「いわ、お……さん」

切れ切れに名前を呼ぶと、彼は私の背をそっと撫《な》でた。まるで私のしていることを肯定し、その先を促《うなが》すかのように。

彼の手に勇気をもらって、彼の体に舌を這《は》わせた。初めは頬、それから喉《のど》、だんだんと下に移動して、硬く張りのある胸に行きつく。いつも彼がしてくれるように、胸の実をぺろりと舐《な》めた。

「っく！」

彼からようやく反応を引き出すことができた。それが嬉しくて、私は片方の実を口で、もう片方を手で愛撫《あいぶ》した。

はぁ、と彼の口から熱い吐息が漏《も》れる。

「厳さん……気持ち、いい？」

自分が考えつく限りの知恵を総動員して誘惑しているつもりだけど、いまいち自信がない。

「とても」

短い答えは扇情的《せんじょうてき》なほど掠《かす》れていた。

お世辞《せじ》じゃなくて本当に気持ちいいの？

顔を上げて彼の様子をうかがうと、その口元は困ったような、焦《あせ》っているような不思議な感情を表していた。

けれど私が見ている気配に気付いたのか、彼はフッと笑って私の頭を撫《な》でる。

「まいったな。まったく、とんでもない」

そう言いながら私の髪を指で弄《もてあそ》ぶ。

「厳さん？」

「強烈《きょうれつ》に誘惑されました。ねぇ、この責任どう取ってくれるんです？」

言われて初めて、お腹に硬いものが当たっていることに気付いた。それがなんなのか理解した瞬間、私は動揺してしまった。

その隙を突くように、厳さんは私の腕を引っ張った。目隠しをものともしない正確な動きに、私は目を白黒させる。

「ま、待って、厳さ……んっ」

願いも空《むな》しく、私はあっという間に組み敷かれていた。

「今晩は一度で終えようと思っていたのに。誘った君が悪い」

淫靡《いんび》に笑う彼の言葉に、体が甘く疼《うず》く。

「さぁ、そろそろ目隠しを取ってくれ」

「でも……」

「いいから取れ。——我を忘れるくらい気持ちよくしてやるから」

命令する声は甘く、しかも奥に欲望が潜《ひそ》んでいる。

なんて扇情的《せんじょうてき》な命令だろう。目隠しが邪魔《じゃま》なだけなら厳さんが自分でさっさと取り払うだろう。

こうして私にほどかせようとするのは、私自身が彼のもたらす強い快楽を望んでいるからだと、そう私に知らしめるため？　これを私がほどけば、恥ずかしいだの嫌だのと言い逃れできなくなる。

それでもいい。私は厳さんが……欲しい。

私は彼に誘われるように、震える手で目隠しをほどく。

あらわになった厳さんの目には情欲の炎が宿っていた。

「いい子だ」

彼の目が満足げにすがめられた。

ああ、一生、この目に囚われていたい……

快楽の渦《うず》に巻《ま》き込まれる直前、私はぼんやりとそんなことを思った。

――こうして、私の誘惑作戦は、今度こそ見事（？）に成功を収めたのだった。

まだまだ始まったばかりの私たちの結婚生活。

これから先も恋愛初心者な私は色々と悩むことがあるだろう。それでも、あらゆる面において頼もしい巌さんと一緒ならば、きっと乗り越えていけるはず。

エピローグ

そして翌日。疲労困憊《ひろうこんぱい》で迎えた私の誕生日。

足腰が立たなくて、始終厳さんのお世話になりっぱなしだ。

どこに行くにも抱っこ。着替えにすら彼の手を借りている。

お風呂では思い出したくないくらい甲斐甲斐《かいがい》しく、そして少々淫《みだ》らにお世話されたし、食事の際にはお箸《はし》すら持たせてもらえない。

そして、暖かい日の光が差し込む昼下がりの今はと言えば、リビングのソファに座った彼の腿《もも》の上に乗せられている。

ああ、どうしてこうなった。彼にバレないように重々しくため息をついた。

厳さんがあんなことするから……。私だって厳さんに目隠ししたけど、結局返り討ちにあったので、自分のことは棚に上げておく。

「もう二度と目隠しはナシで」

私を横抱きにして腿《もも》に乗せ、上機嫌で本を読んでいる彼に告《つ》げた。恨《うら》みがましくじとっと彼を見上げても、意図は伝わっていないようだ。それどころか嬉しそうに微笑んでいる。

「どうして？　あんなに感じて乱れてたじゃないですか。可愛《かわい》かったなぁ。昨夜の桃子さん」

「バッ！　ババババ、バカなこと言わないでくださいっ。あんな恥ずかしい姿、思い出したくない！」

必死に否定すればするほど、彼の笑みはますます深くなる。

呆《あき》れるくらい乱れてしまった自覚はあるので、もう二度とあんな痴態《ちたい》はさらすまいと誓った。

「恥ずかしい？　いいじゃないですか、私しか見ていないんだから」

よくない！

「それにね、私は貴女が恥ずかしがっている姿を見たいんですよ」

爽《さわ》やかに言われても困る！

「……そんなに目隠しが嫌なら、仕方ないですね」

「わかっていただけました!?」

我が意を得たりと喜んだのも束の間。彼の笑顔に不穏な空気が見て取れた。

目隠しというのは一種の拘束《こうそく》だ。目隠しがダメなら他の拘束《こうそく》で……なんて考えてるんじゃないでしょうね!?　緊縛《きんばく》、手錠、足かせ、首輪……今までに読んだ本に出てきたアブノーマルなエッチの数々が、記憶の引き出しから飛び出す。

二次元にすべてを捧げていた頃は、どれもオイシイ設定でしかなかった。しかし、それらが我が身に降りかかるとなると話は別だ。

「まさか……」

「なんですか？」

「いえ、やっぱりいいです。なんでもありません」

脳裏によぎった不吉な考えを慌《あわ》てて振り払った。迂闊《うかつ》なことを言って墓穴《ぼけつ》を掘りたくない。

「ところで桃子さん。ものは相談なのですが、手錠とタオルとネクタイだと、どれが一番好みですか？　あ、念のためお伝えすると、縄は痛そうだし痕《あと》が残りそうなんであらかじめ候補から外しました」

「え……」

絶句した。

不吉な想像がビンゴだったなんて！　信じられない！

「楽しみですね、桃子さん」

欲望の火を奥にちらつかせた彼の目が私を射る。

「きっと気持ちいいですよ」

悪魔のささやききはどこまでも甘くて、熱い疼《うず》きを目覚めさせる。

「厳さんのバカ」

「今頃気付いたんですか？　私は貴女のことになると、とんでもない愚《おろ》か者になるんですよ」

まったく口では敵《かな》わない。

「ねぇ、桃子さん。こんな愚《おろ》か者は嫌いですか？」

「――好き」

自然と言葉が漏《も》れていた。嫌いになんてなれるわけないじゃない。オタクで冴《さ》えない私だけれど、厳さんを好きな気持ちは誰にも負けない。

「悔《くや》しいくらい、厳さんが好き」

言葉の代わりに彼がくれたのは、優しいキス。温かい腕の中で、私は幸せを噛み締めていた。

そんな私の胸に光るのは、誕生日のプレゼントとしてもらったアレキサンドライト。今は陽光を受けて凛《りん》とした青緑色をしている。それを愛おしい気持ちでそっと撫《な》でた。


これから先、このネックレスを着けるたび、きっと私は今日の幸せを思い出す。


――でも、ゆっくり幸福感に浸《ひた》ってはいられない。

なぜなら……

厳さんの手が不埒《ふらち》な動きを始めたから！

「厳さんっ！」

「なんでしょうか、誘惑上手な奥さん。昨夜に続いて、こんな可愛《かわい》らしい告白で私を誘惑するなんて、本当にいけない人ですね」

忍び笑いが彼の口から漏《も》れる。その艶《つや》っぽさに一瞬うっとりしてしまったけれど、すぐ我に返った。

「誘惑してません！　って、やだ、服、脱がさないでくださいーッ」

楽しげな厳さんと必死な形相の私が攻防戦を繰り広げる部屋には、秋ののどかな陽光が満ちていた。

真面目だけが取り柄の地味系OL・雪乃《ゆきの》。
総務課の彼女はある日突然、病欠した受付嬢の代役をすることに。気合を入れて臨んだものの業務に就いて早々に雪乃は恥ずかしい失敗をしてしまう。そんな彼女を救ってくれたのは、社内屈指のエリート社員・和司《かずし》だった。
それをきっかけに、なぜか彼からの猛アタックが始まった！ 強引な和司のアプローチに恋愛オンチの雪乃は……!?

B6判　定価：640円＋税　ISBN 978-4-434-21191-1

永久めぐる（とわ めぐる）
茨城県出身、千葉県在住。2012 年 4 月より、Web にて恋愛小説を公開。2013 年「臨時受付嬢の恋愛事情」にて出版デビューに至る。趣味は読書や写真撮影のほか、ホラー系や乙女系のゲーム、手芸など。

「Farthest Garden」
http://far-g.sakura.ne.jp

イラスト：秋吉ハル

旦那《だんな》さま、誘惑《ゆうわく》させていただきます！

永久めぐる（とわ めぐる）

2016年10月31日初版発行

編集－河原風花・斉藤麻貴・宮田可南子
編集長－塙綾子
発行者－梶本雄介
発行所－株式会社アルファポリス
〒150-6005 東京都渋谷区恵比寿4-20-3 恵比寿ガーデンプレイスタワー5F
TEL 03-6277-1601（営業） 03-6277-1602（編集）
URL http://www.alphapolis.co.jp/
発売元－株式会社星雲社
〒112-0005東京都文京区水道1-3-30
TEL 03-3868-3275
装丁イラスト－秋吉ハル
装丁デザイン－ansyyqdesign
印刷－図書印刷株式会社

価格はカバーに表示されてあります。
落丁乱丁の場合はアルファポリスまでご連絡ください。
送料は小社負担でお取り替えします。

ISBN978-4-434-22573-4 C0093